小学館文庫

湖上の空

今村翔吾

小学館

目次

湖上の空

湖上の空

「パリッシュ十」

2019年9月号

滋賀の皆様、初めまして。今村翔吾と申します。この度、情報誌「パリッシュ＋《プラス》」さんとご縁を頂き、こうしてエッセイを連載することになりました。

私は時代小説家ですので、日常にあった出来事の他に、歴史の話などもさせて頂ければと思っております。

さて初回ということで少し自己紹介を。私は京都府南部の木津川市《きづがわし》という町の出身ですが、今から十年前の2009年に仕事で滋賀に移って参りました。今は専業作家となりましたので、住む場所はどこでもよい訳です。極端な話、PCとネットの環境さえあれば、海外でも無人島でも出来る仕事です。幾つかの出版社から東京に住むことも勧められましたが、「滋賀に住み続けます」と、頑《かたく》なに拒んでおります。

理由としては色々挙げられるのですが、第一に私は滋賀県がとても気に入っているということ。そして第二に滋賀県は歴史の題材の宝庫ということがあると思います。この地に住んで知ったこと、出逢《であ》った資料なども多くあるのです。

いきなり宣伝になりますが、7月に石田三成《いしだみつなり》を主人公に据えた『八本目の槍《やり》』という本を新潮社より刊行しました。全国的には三成にいいイメージを持った人は少ないと思います。反面、滋賀では人気のある人物。どちらかに極端に振れることなく、一人の人間としての三成を描けないかと挑戦しました。そう思うに至ったのもこうして滋賀に住み、イメージの隔たりを知ることが出来たからだと思っています。

京都出身の余所者《よそもの》の私ですが、このように滋賀の歴史をより多くの方に知って貰《もら》えるよう、小説という形で全国に発表していきたいと考えています。小説ともども、このエッセイ連載も末永く楽しんで頂ければ幸いです。皆様、これからどうぞよろしくお願い致します。

最近、私が書くものは戦国時代を舞台にした小説が続いていますが、この時代で一人著名な人物を挙げろと言われれば、やはり織田信長《おだのぶなが》が真っ先に出て来るのではないでしょうか。信長と近江国《おうみのくに》の関係でいえば安土《あづち》城を連想する方も多いと思います。しかし安土に先だって、信長が注目したのは「大津《おおつ》」と「草津《くさつ》」なんです。

信長が将軍足利義昭《あしかがよしあき》を奉じて上洛《じょうらく》を果たした時、その功績を称《たた》えて、「望む役職をやろう。あるいは私の義父になってくれ」とまで言われたとか。しかし信長はそれをあっさり断り、「堺《さかい》、大津、草津に代官を置かせてくれるだけでいい」と返答します。将軍は信長の無欲を褒めてすぐに許してしまうのですが、これこそ信長の思う壺《つぼ》。

当時の大津と草津は湖西、湖東の陸路と、琵琶湖《びわこ》の水上運搬の重要な拠点。東日本から京都に送られる全ての物資はいずれかを通らなくてはなりません。水上運搬を生業《なりわい》にしていた者を保護する代わりにそこから税を取るなどもしますが、ここを押さえた効果が最も発揮されるのは有事の時。現代風の言い方をすれば「経済封鎖」が出来る訳です。

事実、後に将軍と信長が戦うことになった時、東日本からの物資は全て遮断されま

2019年10月号

す。西日本からは瀬戸内海を通って、堺に物資が集まりますがこれもやはり遮断。将軍はまともに物資を集められずに、あっと言う間に信長に負けてしまいます。

現代ではよく耳にすることですが、当時としては画期的な戦略で、信長の先見性の片鱗《へんりん》を垣間見《かいまみ》ることが出来ます。二百年以上続いた室町幕府の終焉《しゅうえん》に、大津、草津が大きく関わっていたということです。この二つの地は江戸時代でも重要な物流拠点として発展しますが、明治に入り鉄道が通り、昭和に道が整備されるにつれ、琵琶湖の水上運搬は廃れることになります。数百、数千の船が行き交うのは、さぞかし壮観だったろうなと、琵琶湖を眺めるたびに想《おも》いを馳《は》せております。

2019年11月号

先日、自宅にある出版社の編集者さんが来ました。

某国民的アニメの主人公の隣の家に小説家が住んでおり、よく編集者が訪ねてきて「先生、原稿まだですかー」と催促する。その光景を見ている皆様からすると、そんなこと珍しくもないと思うかもしれない。しかし実際は違う。デビューして三年になるが、家に来たのは初めてのことでした。

今の時代、原稿のやり取りはメールで事足りるのです。後に紙に起こした「ゲラ」作業があるが、これも郵送で行われる。今回は期日が迫っていたことと、面と向かって話したほうが良い作品になると編集者さんが判断したからです。

作家になる以前は、編集者が頻繁に訪ねて来るものと私も思っていました。ですから「作家っぽい日」を過ごしたこの日、いまさらながら作家になったのだなと実感したりしました。一つは距離もあるのかなと思います。東京の作家さんはもう少し頻繁に会っているイメージがあります。

「今村先生は東京に来られないんですか？」といったようなことをよく聞かれます。これにかんしては「行かない」と、即座に答えています。滋賀を褒めちぎるつもりもないのですが、年に20回ほどある東京出張から帰って来た時にいつもほっとする。私にはこの地が合っているんだと思います。京都出身なのにです。私の周りでも滋賀に魅《ひ》かれて移り住んで来る人が多く、何か魅力があるのではないかなとぼんやり考えながら、今日も窓から覗《のぞ》く湖上の空を眺めています。

「小説家ってラブレターを書くの上手《うま》そうですね」

と、時々言われることがある。この場合は手書きのものだけでなく、メールやSNSでの文章も指すのだろう。だがこれに関しての答えは否だと思う。登場人物の心情を汲《く》み取りながら人生を描く。時に気《き》障《ざ》な台詞《せりふ》も言わせるのが小説家の技であるが、こと自分に関してはまったく上手くいかない。そこには情であったり、我執であったりが、確実に介在するからであろう。数十、数百の登場人物をコントロールするより、自分一人をコントロールするほうが百倍難しいのだ。

ちと大袈裟《おおげさ》に聞こえるかもしれないが、人間は何故《なぜ》これほどまでに儘《まま》ならぬ生き物なのだろうとふと考える。思っていたことを素直に言えず、時によっては真反対の行動まで取ってしまう。数々の資料を読み込んでみると、数千年の歴史を重ねても人間の本質というものは未《いま》だ変わっていないように思えるのだ。

湖北の浅井《あざい》長政《ながまさ》という大名は義兄の織田信長を裏切り、最後には滅亡の憂き目にあった。

通説では盟友関係にあった朝倉《あさくら》家を、信長が無断で攻めたことが理由だなどと言われる。だが長政も決して馬鹿な男ではなく、初手をしくじれば自分が敗れる可能性がおおいにあることも理解出来たはず。また妻で信長の妹のお市《いち》の方《かた》は、対立後も滅亡の際まで浅井家に留《とど》まり続けた。本当のところ何があったのかは当人たちにしか解《わか》らない。後世の私たちからすれば「そんなことで」と思う理由があったのかもしれない。

だからこそ小説家のような商売が成り立つ。こんな時はこうするもの、親子とは、男女とは、友人とは、こうあるべきものという一つの答えがあれば、私たちが描く余地は残されていない。

こうして幾多の人生を描いてきて、一つだけ理解したことといえば、人間は常に迷うもので、だからこそ時に醜く、時に尊く、そして哀《かな》しくも美しいといえることではないか。琵琶湖を眺めていて、この湖は数え切れないほどの人の「迷い」に向き合ってきたのだろうなとふと考えた。そして、この作家はいつも琵琶湖を眺めているな、仕事をしろよと笑って頂きたい。

令和元年も間もなく終わろうとしています。私は昭和59年の生まれですので、これで三つ目の時代に突入することになったわけです。明治、大正生まれの方が少なくなってきている今、昭和以降の方が日本の人口の大半を占めるでしょう。十四年前に他界した私の祖父ですら昭和2年の生まれだったので、昭和という時代がいかに長かったかということです。

さて少し話は変わりますが、学校の歴史の授業ではよく縄文時代、弥生時代などと言ったりしますよね。以降は古墳、飛鳥、奈良、平安、鎌倉、室町、安土桃山、江戸時代と教えます。間に南北朝、あるいは戦国、織豊《しょくほう》（織田信長と豊臣秀吉《とよとみひでよし》の時代という意味）時代などを挟むこともあります。その後に冒頭の明治、大正、昭和と続くわけですが、これが少しおかしいのです。明治以降は元号の名をそのまま時代と呼びますが、それ以前は元号の名ではないのです。つまり江戸元年とか、平安10年などとは呼ばなかったということですね。

ご存じの方も多いと思いますが、かといって元号は明治からという訳でもないのです。数え方によっては前後するのですが、最も初めの元号と言われているのは「大《たい》化《か》」です。私も含めてある程度の年齢の方は「大化の改新」と習いましたよね。今の授業では「乙巳《いっし》の変」と習うようです。西暦でいうところの６４５年。あの時が元号の始まりなのです。

そこから数えて現代の令和まで、元号の数は実に２４８。めっちゃ多いやん……と思った方もおられるでしょう。１３７４年間で２４８の元号です。平均して５年半ごとに１回は元号が変わった計算になります。これは何故かというと、明治以降は新天皇即位に合わせて元号が変わりますが、昔は何か不幸なこと、例えば疫病の蔓延《まんえん》、飢《き》饉《きん》、地震など不幸なことが起こればチェンジ。反対に何か良いことがあってもチェンジ。なんか不景気やし気分変えたいな……チェンジ。みたいな感じで変えていたのですね。変わったものでは、「珍しい白い雉《きじ》がプレゼントされたで！　よし、チェンジ！」という理由で変更された「白雉《はくち》」なんて元号もあったりします。

最も短かった元号は「暦仁《りゃくにん》」の２カ月と14日。今の感覚でいうと小学生の夏休みより少し長いくらいですから驚きです。では最も長かった元号は何か。それが冒頭に書いた「昭和」の62年なんです。これは飛び抜けて長く、２位の「明治」ですら43年９カ月です。昭和は長いなどと感覚的に話しますが、日本の歴史上でも圧倒的な訳です。

このグローバルな時代に元号などナンセンスという意見もありますが、今回の改元で気分を一新して何かを始めたりした方もいるのも事実。一歴史小説家としては、この元号も含めて日本という国の面白さだと思います。新しく始まった令和という時代。世間がどうあれ、自分自身は明るく生きたいものです。

新年あけましておめでとうございます。どうぞ本年もよろしくお願い致します。と、新年のご挨拶をさせて頂きましたが、皆様ふと「何故、めでたいんだ？」と疑問に思われることはございませんか？　これ、実は「お誕生日、おめでとう」と同義なのです。

今でこそ生まれた日を誕生日として、その日を迎えるごとに歳《とし》を一つ重ねますが、昔は1月1日を迎える度に歳が増えたのです。少し荒っぽくまとめると、日本国中の人が同じ誕生日ということにもなります。そしてもう一つ違うことがあります。今は生まれた時が0歳で、丸1年経過して1歳になります。当たり前のことですね。これを満年齢といいます。

しかし、昔は生まれた瞬間が1歳で、正月を迎えると2歳になります。つまり12月の大晦日《おおみそか》に生まれた子がいたとしたら、生後1日で2歳になってしまうのです。この名残《なご》りは現在も残っています。いわゆる「数え年」ですね。若い人はあまり言わなくなりましたが、年配の方ですと「数えで○歳」などとおっしゃると思います。厄年などもこの数え年でのことですので、少しですがまだ実生活にも残っているのです。

2020年2月号

ではいつから数え年ではなく、満年齢で言うようになったのか。これは明確な区切りがあるのです。昭和24年5月24日に「年齢のとなえ方に関する法律」というものが制定され、昭和25年1月1日より施行されました。条文をざくっと言うと、満年齢を使わなければならないというものです。この法律が制定された背景は四つあります。

一つは先に挙げたように、生後1日で2歳になってしまう者がいて、今後の人生を大きく左右してしまうためです。二つ目は国際的には満年齢が主流であるという観点。三つ目の理由として、当時は戦後間もなくといった時代であったため、配給制度がとられていました。年齢ごとにカロリー計算がされて配給されていたのですが、これに不平等が生じるということ。最後に四つ目の理由ですが、「みんな1歳若返るやん！」といった理由なのです。先にも書いたように当時の日本は戦後間もなくで、暗い雰囲気が漂っていました。せめて年齢だけでも若返れば、活力が生まれるのではないかという理由なのです。これは案外馬鹿に出来ず、景気は国民の気分に大きく左右されるので、これから立ち直っていこうという日本にとっては大きな意味がありました。

これが今から約七十年前の話です。だから高齢の方などは、数え年を使う人が多いというのも納得出来ますね。この数え年問題は、歴史小説家の私にとっては実は少々厄介なもので、登場人物の年齢がよく判《わか》らなくなってしまうのです。「1歳足せばいいだけじゃないの？」と、思われるかもしれません。確かに西暦での満年齢に1歳足せばいいだけなのですが、この西暦自体が年代によってユリウス暦、グレゴリオ暦など変わってしまうのです。だから「こいつは何歳なんや？」と、首を捻《ひね》ってしまう時がしばしばあります。

そもそも年齢とは何だろうと思う話ですよね。昨今でも、法律上の大人でも子どものような振る舞いをする人がいたり、反対に子どもでもしっかりしている子がいたりします。子どもと大人は元来、年齢では区別出来ないものかもしれません。

ようやく寒い日もいくらか訪れるようになったものの、今年の冬はやはり暖かいほうだろう。滋賀の山々を見ていればそれは顕著である。

私が滋賀県に住むようになったのは、2009年秋のことだった。初めに住んだのは彦根《ひこね》だったのだが、雪の多さに驚いたものである。私は小説の中で「近江の雪は……」といったことを書くことがあるのだが、関東出身の編集者さんには、「滋賀ってそんなに雪が降りますか？」と、聞かれることがある。確かに大津、草津あたりは少ないが、竜王《りゅうおう》を越えたあたりからは特に多い。湖西なんかもかなり降るからと、積雪量を説明するとやはり驚かれる。

いきなり滋賀県の話から、地球規模の話に飛ぶのだが、歴史の中で氷河期と呼ばれる時代があるのはご存じかと思う。多くの生物が死滅するほどの極寒が訪れるイメージで間違っていない。諸説あるものの氷河期は数万年単位の周期で訪れると言われており、人類の歴史はすべて「暖かい」に含まれている。だがその中でもさらに小さな周期で「小氷期」と呼ばれるものが来る。今の時代もその小氷期に突入しているなどと言われているのだ。

ではこの小氷期が最もこの国に影響を与えたのは何時《いつ》か。それがいわゆる戦国時代である。小氷期によって作物が育たなくなり、飢える者たちが続出する。これで死なれてしまっては来年の作物を作る者がいなくなってしまうため、領主たちは何とか死なせないように奔走する。少しでも耕地を取るため、他の領主の土地に侵略を仕掛けるといった構図である。もっとも人はそのようなことがなくても争う生き物なのかもしれないが、そういった環境がより拍車を掛けたことは事実だろう。

日本においては昔の話だが、世界に目を向ければ未だに寒さが飢えを呼び、死を招く地は多く存在する。そのことを思えば胸が痛くなるのだが、そんな自分が今居るのはエアコンの効いた部屋の中。まずは恵まれているということ、これが当たり前でないということを考えるところから始めないといけないのだろう。歴史は時にそんなことさえも教えてくれる。

冒頭から私事で恐縮ですが、先日第41回吉川英治文学新人賞を受賞することが出来ました。過去に受賞された錚々《そうそう》たる先生方に名を連ねて身が引き締まる思いです。

さてこの文学賞ですが、知られていないが実は色々とある。真っ先に名が思い浮かぶのはやはり直木賞や芥川賞であろう。他にも山本周五郎賞、大藪春彦賞、新田次郎文学賞、山田風太郎賞、柴田錬三郎賞、中山義秀文学賞、三島由紀夫賞などと挙げてもほんの一部でしかない。そしてこれらは〇〇賞を獲《と》ると、もう●●賞を獲る機会はないなど、暗黙のルールがあるから何かとややこしい。普通自動車免許を取ると、原付免許はもう取れないといったようなものだ。

吉川英治文学新人賞も「新人」と入っているのに、実際は中堅に与えられる賞で、これを得るとすでに取れない賞が出てくる。これは吉川本賞などといわれる吉川英治賞が、直木賞よりも数段上に位置しているからである。これを聞いて「え？　直木賞より上あるの？」と、思う方もおられるだろう。これが結構ある。上記の柴田錬三郎賞もそうだし、中央公論文芸賞、少し性格は異なるものの菊池寛賞などもそうである。

だが、世の中でよく知られているのは直木賞、芥川賞だけであろう。この二つの違いはまた今度に置いておこう。ともかくこんなに沢山色々あるんだと知ってもらい、少しでも興味を持って頂けると出版界の片隅にいる私としては嬉《うれ》しい。

最後になったが今回、吉川英治文学新人賞を頂いたのは『八本目の槍』という作品。滋賀の武将、石田三成を主人公としたものである。これからも滋賀を舞台とした作品を発表していくので、滋賀県の皆様に応援して頂ければ光栄です。

「朱子《しゅし》学」という学問をご存じだろうか。何か聞いたことあるという程度だろう。江戸時代は徳川《とくがわ》幕府の国学として、林羅山《はやしらざん》で有名な林家が学問所の頭取《とうどり》を担った。何故、これを幕府が国学に採用したか。簡単にいえば、主人に部下は、親に子は、身分が高い者に低い者は逆らうのを悪とするといった内容だからである。実際にはもう少し違う表現なのだが、幕府が「これは使える!」と、やや曲解して武士を中心に広めたというところである。

朱子学も儒学のいわば流派の一つで、同じくその中に「陽明《ようめい》学」というものがある。こちらはさらに知る人は少ないだろう。比較的有名なところでいうと、大塩平八郎《おおしおへいはちろう》が学んでいた学問である。この陽明学は、朱子学とことなり幕府にとっては、ちょっと厄介なものであった。その中に「心即理」という考え方があるのだ。これは心で思ったことは、すぐに行動しなければならないという意味を孕《はら》んでいる。政治に不満があれば、すぐに行動。これが幕府転覆に繫《つな》がると考えた訳である。大塩平八郎も苦しんでいる民のため、即行動を起こしてそれが結果的に大塩平八郎の乱に繫がっていったといえる。

こういえば何か危険な学問、思想のように聞こえるが、私はこの陽明学の心即理の考え方で好きなものもある。それは嚙《か》み砕いて言えば「万物は人の心によって動いている」というものである。雨が降るのも、風が吹くのも、花が咲くのも、人の心がそれを欲しているから。反対に世の中の多くの人が「春よ来るなー！」と、念じれば春は来ないというものである。

陽明学的に言えばこれまでの歴史で常に多くの人が「春よ来い！」と思ってきたから春が来ただけといえるのだろう。無茶苦茶な考え方のようにも思えるが、私はこれに部分的に納得してしまう。哀しい時に見る桜と、楽しい時に見る桜、実際の物は同じでも、受ける印象が違って見えることがないだろうか。心が全てを動かしているとまでは思わないが、人の心によって見えようは変わるのも事実である。

そして今のこの暗い雰囲気が漂う時代、人の不安がさらなる不安を招き寄せている気がする。まさしく心即理に当て嵌《は》まるのではないか。息の詰まる日々である。こんな時こそ人は「必ず夜は明ける」と強く信じていかねばならないのではないか。その願いや祈りが世界の人々の半数を超えた時、世の全てが好転に回るような気がしてならないのだ。

「人間」という言葉を見ると、99%の人が「にんげん」と読むでしょう。しかしこの言葉は他に「じんかん」とも読むのです。

「にんげん」と読む時は個としての意味。一人の人間として……のような使い方です。では「じんかん」はというと、人と人が織りなす世の中という意味。最も近い言葉は世界かもしれません。この読み方として最も有名なのは、慣用句の「人間万事塞翁《さいおう》が馬」です。他には織田信長が好んだとされる敦盛《あつもり》の一節、「人間五十年……」なども比較的有名です。

さて滅多に使われないこの読みですが、最近新型コロナの流行とともにしばしば耳にするようになりました。人間距離を空けるなどというように、つまりソーシャルディスタンスのことですね。しかし実際は上に書いたように、「世の中」という意味の性格が強いので、少し本来とは違った使い方かもしれません。

何故この言葉に注目したかというと、実はそのまま『じんかん』という小説を書いたからなんです。

半ば宣伝的になりますが、昨年の春から少しずつ書き溜《た》めていたので、今回この言葉が注目されたのに合わせた訳ではありません。

人の人生は、人との出逢いによって良くも悪くも変わる。出逢うという当たり前の自由を現代の私たちは与えられているが故に、その尊さが見えなくなっているのではないか。そんなことを考えた時、戦国時代の、しかも大悪人とされた松永久秀《まつながひさひで》のことが思い浮かび、物語を描き始めたのです。自粛続きで人との繋がりの大切さに改めて気付いた方も多いかと思います。そんなことを考えながら、拙作『じんかん』を読んで頂けたならば幸せです。

2020年7月号

先日、6月16日に第163回直木賞の候補作が発表された。選考会は7月15日に行われる。全く気にしないふりを少々しているが、実際のところ気になる。少なくとも私の場合はそうである。

今回、ありがたいことに拙作『じんかん』も候補5作の中に滑り込むことが出来た。ニュースや新聞をみた知人から、「おめでとう!」と、気の早い連絡が来ることがある。これは候補に入ったことへの「おめでとう」だと捉えればよいのだろう。だが返答に困るのは、「頑張って!」のような連絡である。

直木賞のような文学賞は、その期間に発刊されたすべての小説が対象となる。つまり私としてはもう原稿は書き終えているし、本として世の中に出回っているのだ。そのような中で、もはや頑張ることは残されていない。まな板の上の鯉《こい》のようなものなのだ。ただ待つ。これが結構辛《つら》い。別にずっとそのことを考えている訳ではないが、ふとした瞬間に、

——あと、〇日か……。

などと考えてしまうこともある。だが当日が近づくにつれてあまり考えなくなる。

待ち疲れるというのもあるだろうが、知らぬ間に腹が据わるのだ。

——まあ、どうとでもなれ。

といったところだ。まあ今回も恐らくそうなるだろうと思う。これまで「東京に来ないか」と何度も誘われたが、私の答えは一貫してノーである。のっぴきならない事情がない限り、滋賀にいたいと思っている。京都出身の私だが、滋賀に住んで十一年、今回の直木賞は前回にまして、すっかり滋賀代表のつもりでいる。

だからという訳ではないが、よろしければ応援して頂ければ幸いです。勝手に滋賀を背負っているつもりで「頑張って」きます。

図書館に否定的な作家は多い。一冊数万円もする辞書や、資料ならばともかく、小説などは買って欲しいというところだろう。ましてや千円以下の文庫なら……と思うのは理解出来なくもない。しかもそれが発売間もなくに図書館の棚に並ぶのだから、悲鳴を上げる作家も多いことだろう。だが作家にとっても悪いことばかりではなく、まだデビューして間もない初版の少ない作家だと、全国の図書館が購入する分の比率が多くなるため、却《かえ》って助かるといった意見も聞こえてくる。

では私はどうかというと、どちらかといえば肯定派である。つらつらと述べてきたのは、あくまで作家側からの意見であって、本に小遣いを多く割けない読者さんからすれば、無料で借りられる図書館は魅力的に違いない。お試しで読んで貰い、そこから好きになってその作家の本を買うというケースもあるのだから、私としては目くじらを立てる作家に会えば「まあ、ええやん」と言ってしまう。

ただ読者の私としては、よほど手に入らない資料などを除いては購入する。これは作家になった今に始まったことではなく、小学生の頃からずっとそうだ。「でも本には当たり外れもあるから……」という意見もある。完全に同意する。別に作品の質にかかわらず、合う合わないもあるから、やはり「外れ」と思う作家、作品を買ってしまうこともある。ただ私はそれも含めて楽しんでいる。何度も外れを経験していると、売られている本の佇《たたず》まいから「あ、これは俺に合わなそう」などと解って来るようにもなるのだ。

本はよく人そのものにたとえられる。その中に一つの人生が込められているのだから、決して遠くはない表現だと思う。

生きていれば決して気の合う人とばかり出逢うわけではない。奇妙な縁で一生の友人と出逢うこともあるし、一目惚《ひとめぼ》れのように直感で出逢うこともある。飛躍しすぎだという意見も聞こえてくるかもしれないが、本と出逢う訓練は、人との出逢いを見定める能力にも多少なりとも影響しているような気がするのだ。

図書館を利用して何気なく出逢った本から、ずっと好きになる作家が見つかることもあるのだからやはり否定は出来ないだろう。

ただ一つだけ。とある図書館で私の本が「110人待ち」になっているとか。一週間でサイクルしたとしても二年以上掛かる。二年あれば私は15冊くらい書くのですが……と思ってしまうし、さらに絶対予約した人も忘れてるやろ！　と思うのですが。

夏らしい食べ物といえば色々あるが、その中の一つに西瓜《すいか》がある。この西瓜だが実に古くから食べられている。なんと確認されているだけで実に四千年前である。エジプトの壁画にも描かれているのだ。だがこの時は何と果実のほうではなく、種を食べていたと言われている。「いや、それ美味《うま》いか?」というのが率直な感想。

種をほじくってポリポリと食べ、果実を地に捨てている古代エジプト人の姿を想像すると、思わず吹き出してしまいそうになる。二千五百年ほど前にヨーロッパに伝わり、その頃から果実を食べるようになったらしい。解熱効果のある薬としても用いられたようだ。もっともこの西瓜は黒皮が多く、今日私たちが食べるほど実は赤くなかった。オレンジに近い黄色で、甘みも随分と控えめだったと言われている。赤い実が記録に残っているのは七百年前だというので、西瓜の歴史においては割と最近のことだといえよう。

さて、日本に伝わったのはいつか。はきとは分かっていないが室町時代より後なのは確かである。ポルトガル人が南瓜《カボチャ》と共に長崎に持ち込んだ説のほか、江戸時代初期に中国から伝わったという説もある。ただ当時の日本人は実が赤いことを、「気持ち悪っ！」と思ったらしく、それほど食べられなかった。石榴《ざくろ》なども赤いやんと突っ込みたくなるが、感覚的にどうも違うようだ。今のように大衆的に食べられるようになったのはようやく大正時代のことである。

西瓜にはつる割れ病という、その名の通りつるがヒビ割れる病気があり、農家にとっては脅威だった。これを克服したのは日本人で、現在の兵庫県明石《あかし》市で農家を営んでいた竹中長蔵《ちょうぞう》という人。病気に抵抗性を持つ、南瓜を台木に、西瓜を接《つ》ぐ方法を編み出した。野菜の接木は世界でこれが初めての例で、後に茄子《なす》、トマト、ピーマン、メロン等にも活用された。今日、甘くて美味《おい》しい西瓜が食べられているのは、日本人のおかげも大きいのだ。今の西瓜を昔の人に食べさせれば、甘さで卒倒するかもしれない。だがあまりに古い人に食べさせたならば、きっと実は捨てて、種だけをポリポリと食べるのだろうと考え、また苦笑してしまった。

2026年の安土城築城450年祭に向け、近江八幡市《おうみはちまん》が安土城の復元に尽力しているというニュースを見た。これはかなり難しいのは間違いない。天主を再建するとなると、どのような建物だったのかを詳しく知る必要がある。だが安土城の史料はかなり乏しいというのが現状である。加賀《かが》藩の御用大工であった家に「天主指図」という図面が残っており、それをもとに考察してきたが、やはり足りないと言わざるを得ない。

信長の家臣であった太田牛一《おおたぎゅういち》の記した「信長公記《しんちょうこうき》」によると、地上六階、地下一階の荘厳な建物であったことは判る。安土城天主の外観を探るにおおいに手掛かりになりそうなのは、信長が絵師狩野永徳《かのうえいとく》に描かせた「安土山図屏風《びょうぶ》」である。だがこの屏風は、信長自身がローマ教皇に贈っており、未だに発見されていないのである。「ていうか、何で安土城残ってないの⁇」と、疑問に思う人もいるだろう。安土城のこと、それを信長が築いたことを知っていても、何故それが残っていないかを知る人は案外少ない。結論から言うと、信長が死んだ本能寺の変から間もなく「燃えた」のだ。

ただこの燃えた原因もはっきりと判っていない。ざっくりと紹介すると、まず明智《あけち》軍が燃やした説。信長の家臣が「敵に奪われてなるものか」と自ら燃やした説。混乱の中で失火してしまった説。他に信長の次男である信雄《のぶかつ》が、「もうどうでもいいやー」といったように、錯乱して火を付けさせた説なんてのもある。

戦国の革命児信長が生み出した、革新的なこの城は、その消失までが数々の伝説に包まれてはっきりとしないのだ。

私としても是非、復元安土城は見てみたいものである。だが、天主に向けて真っすぐに伸びた石段「大手道」や、当時の石垣だけでも一見の価値があると思うので、滋賀に住んでいるけれど行ったことがないという人は、一度足を運んでみてはいかがだろうか。

近江八幡市はCGを駆使したデジタル復元も視野に入れているという。何はともあれ多くの方々に、安土城に興味を持ってもらいたいという切なる思いが伝わってくる。どのような形であれ、観光の目玉になるのも間違いない。そう思えば、前述したようにもし織田信雄が本当に安土城を焼いていたとすれば、「ほんまお前、やめろや！」と、復興に尽力されている方々、周辺観光産業に携わる方々は総ツッコミしたくなるだろう。

小説家になるくらいなので、やはり読書は好きなほうだと思う。小学5年生の時、初めて池波正太郎先生の本を読んだ。そこから時代小説にはまり、中学生の頃には月に10冊以上読んでいただろう。本が好きというのは今も変わらないのだが、読む時間がなかなか取れない。読むより書くという日々が続いているのだ。故に今この時が、生涯で最も本を読めていない時期かもしれない。

私は本だけでなく漫画も好きだ。子どもの頃から古本屋で漫画を見つけては買い漁《あさ》っていた。中学1年生の時、持っている冊数を弟と数えたら軽く1000冊は超えており、そこからは数えるのをやめた。買う量は減ったもののまだ買っているので、下手したら1万に迫っているのではないか。流石《さすが》に全てを家に置けず、祖母の家が田舎《いなか》にあり、倉庫があるためそこに預けている。

さて、そのようなことから今でも稀《まれ》に漫画を買いにいく。作家になってから地元の書店に顔も覚えられており、声を掛けられることも多い。その時に、「今村翔吾、漫画ばっかり買ってるやん」と思われるのが少し恥ずかしく、その時は必ず小説も混ぜて買ってしまう。実際、読むからいいのだが、興味のそそられる本がない時もあるので些《いささ》か困ったものである。

　少し宣伝にもなってしまうが、そんな私が原作を務める漫画『カンギバンカ』が、11月11日より「週刊少年マガジン」で連載が開始される。元の話は直木賞候補になり、先日山田風太郎賞を頂いた松永久秀を主人公にした小説『じんかん』である。だがこれを若い人にも読んで貰えるように、新たな物語に紡いでいる最中である。老若男女問わず、是非、一度読んで頂ければ幸いである。ともかく、これで本屋さんで漫画だけ買う日があっても、「漫画原作やってるから」と心の中で言い訳出来て嬉しい限りである。

先日、新聞社の取材の後、何故か忍者の話になった。忍者といえば多くの方が、伊《い》賀《が》と甲賀《こうか》を思い浮かべるだろう。あとは後北条《ごほうじょう》氏が使っていたという風魔衆《ふうましゅう》を思いつくくらいだろうか。だがいわゆる「忍者」というものは他にもいる。長野県の戸《と》隠《がくし》衆であったり、伊達政宗《だてまさむね》が組織したといわれる黒脛巾組《くろはばきぐみ》。上杉謙信《うえすぎけんしん》が使ったとされる軒猿《のきざる》。島根県の鉢屋《はちや》衆などもいる。

そう考えれば、絶大な知名度を誇る伊賀と甲賀だが、ここでも実は大きな開きがあることに気付いた。伊賀の忍者を挙げろと言われれば、服部半蔵《はっとりはんぞう》の名が容易《たやす》く出てくるのに対し、甲賀と言われれば困る人が大半であろう。

私などは多羅尾《たらお》氏が真っ先に思いつくが、やはり世間的には無名に違いない。何故、このようなことになったか。徳川家の家臣団に組み込まれたことから、服部の名前が世間に知れたのではないかとも考えた。だが甲賀も家臣団に組み込まれているし、むしろ家格でいえば甲賀のほうが勝っている。案外、藤子不二雄Ⓐの『忍者ハットリくん』が影響しているのではないかとすら思う。

だが甲賀には忘れてはならない忍者がいる。三雲佐助《みくもさすけ》である。実在したか、していないかははっきりしないが、少なくとも甲賀の忍者としては彼が最も著名であるはずだ。ただ三雲佐助ではピンと来ないだろう。別名、猿飛《さるとび》佐助。講談の中では、真田幸村《さなだゆきむら》を助けて大活躍する忍者である。江戸時代は子どもだけでなく、大人までもこの講談に心を躍らせた。甲賀の挽回《ばんかい》は、この猿飛佐助の人気復活にかかっているのではないだろうか。

テレビなどを見ていると、芸人さんたちが同期、先輩、後輩などと言っているのをよく耳にする。芸人さんならば育成する学校に所属した時期であったり、初めて舞台を踏んだ日であったりで決まっているのか。故に年下でも先輩、年上でも後輩などということが起こりうるのだろう。

作家の場合も明確に基準がある訳ではないが、デビューの時期というのが一つの目安になるのだろう。しかしこのデビュー時期というのが曖昧である。長編新人賞を受賞したタイミングが多いように思うが、新人賞を経ずに出版する人もいる。その新人賞も地方の文学賞なのか、一般的に中央と言われる大手出版社の新人賞を指すのか。

まあ、作家とは個人で完結する仕事であるため、そもそも芸能人ほど交流がある訳でもなく、それほど気にしなくていいのも事実である。が、やはり「先輩作家だから……」などと耳にすることもあるため、少しは皆気にしているのかもしれない。

話は戻るが、作家のほうが年齢の幅は顕著である。十代でデビューして何十年も第一線でやっている作家もいれば、60歳を超えてデビューする新人もいる。前者は芸能人でいうと子役からという役者さんもいるためまだあり得るが、私が無知なだけかもしれないが、後者のほうはほとんど聞かない。

私の場合は2017年3月デビューということにしている。2016年には二つの賞を受賞したが、両方とも地方の文学賞だったこともあり、デビュー作が出版された日にしているのだ。同じ定義でいうと2017年デビューで面識のあるのは今村昌弘先生。たまたま姓が同じということもあり企画で対談させて貰った。映画にもなった『屍人荘《しじんそう》の殺人』が有名である。

他には鈴木るりか先生。何と2003年生まれの14歳デビューである。初めはどんなもんやという気持ちも僅《わず》かにありつつ本を手に取ったが、「いや、これ14歳て言われんかったら分からんな」と、舌を巻いた。末恐ろしい。

14歳の同期もいれば、思いっきり年上の後輩もいる。今年私の出身賞の一つである「角川春樹小説賞」でデビューしたのは、渋谷雅一《まさいち》という60歳の方である。還暦を迎えて新人デビューしたことになる。コロナの影響もあり、まだお目に掛かってはいないが、どう接していいのか戸惑うかもしれない。

ここまで色々と語ってきたが、つまりは小説というジャンルは非常に間口が広い。鈴木先生ほどでなくとも、高校生でデビューなんて話は別段珍しくない。五十代のデビューなんてざらにある。小説を書いてみたいが、若すぎる、あるいはもう歳だなどと思っている人がもしいれば、一度書いてみることをおすすめする。

二十年経《た》ってもデビューしない人もいれば、初めて書いた小説でデビューする人がいるのもまた事実。結局、書いて応募してみるまで、自分自身にも小説の才能というのは解らないものだ。まず、書いてみる。それに尽きる。

鳥山石燕《とりやませきえん》という浮世絵師がいる。今から約三百年前の正徳《しょうとく》2年（1712年）に生まれ、天明《てんめい》8年（1788年）に数え77歳で世を去った。

石燕といえば有名なのは「妖怪画」である。石燕の妖怪画には、水木しげるも影響を受けたと言われている。いずれ妖怪の話を書きたいなとふと思い、この石燕の代表作の一つ『画図百鬼夜行《がずひゃっきやこう》』を開いてみた。全国各地に伝承する妖怪が、まるで本当に存在するかのように描かれている。では滋賀県はどうか。この百鬼夜行の中にも幾つかの妖怪がエントリーしている。大津八町《はっちょう》の「油赤子《あぶらあかご》」、甲賀郡の「片輪車《かたわぐるま》」、大津園城寺《おんじょうじ》の「鉄鼠《てっそ》」などである。さらに調べるとこの百鬼夜行以外にも、滋賀県の妖怪は案外多い。瀬田《せた》の唐橋《からはし》には「目玉しゃぶり」という、聞くだけで恐ろしそうな妖怪もいたとか、兵庫県説、奈良県説などもあるが、あの有名な「砂かけ婆」も滋賀県の妖怪であるという。

何故だろうと首を捻ってみる。理由の一つとしては近江国が文化の中心である京のすぐ隣であったことだろう。奇妙な体験をしても書き記す者が少なければ伝承としては残りにくい。また琵琶湖の存在も大きいと思う。広大な湖があることで、水に纏《まつ》わる事故や事件なども妖怪のせいにしたのではないか。「水虎」という、いわゆる河童のような妖怪が記録に残ったりしている。

やや話が逸《そ》れた。次回は先述した『画図百鬼夜行』に掲載されている妖怪が、どのようなものかということを書いていこうと思う。

2021年3月号

前回、鳥山石燕の『画図百鬼夜行』について書いた。その中に描かれている、滋賀の妖怪を三つ紹介していく。

一つ目は「鉄鼠」。園城寺の頼豪《らいごう》なる僧が、白河《しらかわ》天皇から「皇子《おうじ》の誕生を祈って欲しい、叶《かな》えばどんな褒美も取らせる」と頼まれた。結果、皇子が生まれたが、約束は反故《ほご》にされてしまい、頼豪は怒り心頭。百日の間、呪い続けて皇子を殺してしまう。その時に頼豪は鼠《ねずみ》の化け物に変わってしまっていたという。怨《うら》みは人を化け物にするということ、約束は果たそうという教訓が込められている。

二つ目は「片輪車」。燃える車輪の上に女が乗っているという妖怪である。甲賀郡に現れたとされる。毎晩のように現れたが、これを見ると祟《たた》られるとのことで皆が戸を閉ざした。だがある女が興味本位で見てしまった。

すると片輪車は「私を見ている暇あったら、子どもを見とけよ！（現代語訳）」と言い、家の中にいた子どもが忽然《こつぜん》と姿を消してしまった。女は嘆いて、「罪科《つみとが》は我にこそあれ小車《おぐるま》の、やるかたわかぬ子をばかくしそ」と一首詠んだ。

翌日、再び片輪車が現れ、「優しいやん……子ども返すわ。もう見られたし私ここから出ていくね（現代語訳）」と言って姿を消したという。うーん。片輪車のほうが優しい。

最後は「油赤子」。大津八町に出たとか。見た目は子どもで、火の玉で飛んできて部屋に入り、照明器具の油を舐《な》める！　というだけの妖怪。しかも絵が可愛《かわい》い。

昔、油は高級品だったため、無駄遣いするとすぐになくなるよという戒めが込められているとのこと。また当時、精製していない鰯油《いわしあぶら》を使っていたため、猫が舐める姿を見間違えたという説もあるらしい。

この滋賀県の三つの妖怪を見るだけでも、当時の人が何かの教訓を投影したことが見て取れる。今の時代ならばどんな妖怪が生まれるだろうか。新聞で世相を眺めながら、ふとそのようなことを考えてみる。

にわかに文学賞が注目された。ジャニーズ事務所所属として、初めて加藤シゲアキ先生が第42回吉川英治文学新人賞を受賞されたのだ。伝統のある賞ではあるが、正直なところ直木賞や芥川賞と違って注目されることは少ない。今回、初めて知ったかたも多いだろうし、その証拠に前回の受賞者が誰かと聞かれても答えられない人が99%だろう。

ちなみに前回、つまり第41回吉川英治文学新人賞を受賞したのは、何を隠そう私なのである。

そして今年度、二年連続という形でシリーズ作品に贈られる吉川英治文庫賞を、「羽州《うしゅう》ぼろ鳶組《とびぐみ》」シリーズで頂いた。正直、謙遜でなくこれは獲れるとは思っていなかった。昨年度は小野不由美先生、一昨年は西村京太郎先生と、どちらかというと大御所ばかりが獲得する賞だったので、飛び上がるほど驚いて、いや実際に飛び上がって椅子から転げ落ちた。

さて、記者会見は合同で行われる。いや、ラッキーだ。普段よりもかなり人が多い。注目度抜群の加藤シゲアキ先生のおかげである。芸能人が文学賞を得ることを、そもそも小説を書くことを貶《けな》す人もいるが、私は全くその考えはない。選考委員の先生方も自分の名をかけて選考しておられる。そのような甘いものでないことは、我々が最も知っている。

ともかくこうして出版界が注目されるのはよいことである。これがきっかけとなり、本を読む人が増えることは嬉しい限りだ。

先日、吉川英治四賞の贈呈式に参加した。昨年はコロナで式典が中止だったため、昨年分の表彰も行われる。昨年、私は吉川英治文学新人賞を頂き、今年は吉川英治文庫賞を受けた。二年連続も初めてのことに加え、同時に贈呈式が行われるのは恐らく今後もないだろうとのこと。稀有《けう》な機会に恵まれたことを光栄に思う。

さて式典にはそうそうたる諸先生がおこしになり、緊張するとともに、ここまでようやく来たと胸に迫るものがあったが、もう一つ感慨深いものがあった。

私は小説家になる以前はダンスインストラクターをしていた。そもそもその縁で滋賀県に住み始めたのだ。滋賀県では近江八幡、高島《たかしま》、草津、米原《まいばら》などで教えていたが、2015年に小説家を志して辞したのである。

レッスンの前、車座になって出欠を取る。あるいはレッスン後、同じようにしてたわいもない話に花を咲かせる。月曜から土曜までレッスンがあり、私にとっては対面に生徒たちがいるのは見慣れた光景であった。

今回の式典で同じ光景を見た。会場にその時の生徒が幾人かいるのである。うち二人は現在、私の事務所でスタッフとして働いているのだ。私の脳裏にレッスン前後の

2021年5月号

光景が蘇《よみがえ》った。彼らがここにいることは「変な感じ」である。彼らが私の事務所に入るきっかけも、奇妙な縁としか思えぬタイミングであった。今少し早くても、今少し遅くても実現しなかっただろう。人の縁とはつくづく不思議なものだと思う。

私が滋賀県を離れていてもそうなることはなかっただろう。何故、東京に出ずに滋賀県にいるのかと聞かれたら、様々な理由があるが、詰まるところ気に入っていると答える。私がそう思うのも、何かの縁に衝《つ》き動かされたのだろうか。式典の最中、そのようなことを考えながら、あの日の光景と、今の眼前の光景とを重ね合わせていた。

2021年6月号

水戸黄門《みとこうもん》がTVで放映されなくなって久しい。時代劇好きの私としては寂しい限りである。

水戸黄門とは水戸三代藩主、水戸光圀《みつくに》のことである。彼のことを水戸黄門と呼んでいるのだが、そもそも黄門とは何かということを知っている方はそれほど多くないのではないか。

黄門とは、律令《りつりょう》制の職の一つ「中納言《ちゅうなごん》」の唐名である。そもそも日本の律令制は、中国の制度を模して作られ、かつて多くの職が存在した。

比較的有名なものだと、後に小豆の名前にもなった「大納言《だいなごん》」、豊臣秀吉の若い頃の官職である「筑前守《ちくぜんのかみ》」、あるいは明智光秀の「日向守《ひゅうがのかみ》」、真田幸村の「左衛門佐《さえもんのすけ》」など。

滋賀県の方ならば、石田三成の「治部少輔《じぶのしょう》」なども馴染《なじ》み深いかもしれない。

天平宝字《てんぴょうほうじ》2年（758年）、藤原仲麻呂《ふじわらのなかまろ》が政権を握った時、「原点回帰して中国風に呼ぼうぜ！」と言い出した。この仲麻呂、中国を非常にリスペクトしていたのだ。

そのようにして言い換えられたものを「唐名」と呼ぶ。後にやっぱり止《や》めようという流れになったが、それでも唐名は以後も使われ、数百年後の戦国時代でも普通に通っていた。

回りくどくなったが、「中納言」の唐名こそが「黄門」なのだ。水戸光圀は中納言の官職にあったため、そのように呼ばれるようになったのである。

この唐名で有名なものはそれほど多くないが、歴史小説を読む方ならば、度々出て来ることもある。関《せき》ヶ原《はら》の戦いの頃、徳川家康《いえやす》は内大臣の職にあったため、石田三成がその唐名で「内府《ないふ》め！」などと呼ぶ小説もある。

あとは同じく関ヶ原の戦いで寝返った小早川秀秋《こばやかわひであき》は「左衛門督《さえもんのかみ》」の職にあり、その唐名が「左金吾《さきんご》」であったから、略して金吾などと呼ばれた。まだ知られているのは、武田信玄《たけだしんげん》の弟である信繁《のぶしげ》の「典厩《てんきゅう》」、あるいは松永久秀の「霜台《そうたい》」であろうか。

こうして考えてみると、唐名では圧倒的に「黄門」が有名だと気付いた。

一つだけ今、咄嗟《とっさ》に有名なものを思い付いた。それは「中務省《なかつかさしょう》」を唐名にした「中書《ちゅうしょ》」である。脇坂安治《わきさかやすはる》（長浜《ながはま》市出身）という大名が、「中務少輔」の官職についていた。彼が屋敷を造る許可が出た島がある。それが京都の「中書島」である。こうして気付かぬうちに、歴史に纏わる名称が今も残っているのは何とも面白い。

2021年7月号

つい先日、私の作品である『童《わらべ》の神』が双葉社よりコミックとして発売された。1、2巻同時発売で、今も雑誌で続きが連載されている。

私にとって『童の神』は、いわゆる出世作と呼ばれるものになる。もっとも出世したなどとは自身では思っていないが、そう言ってくれる人も多いので敢《あ》えてそのように書く。

童の神のあらすじは書きづらい。何故ならば簡単にネタバレしてしまうからである。平安時代、童《わらわ》と呼ばれる者たちが、差別をする朝廷に挑む。陰陽師《おんみょうじ》として知られた安倍晴明《あべのせいめい》や、鉞《まさかり》担いだ金太郎で有名な坂田金時《さかたのきんとき》も登場する。これくらいが精一杯である。

この作品を書いていたのは2017年、私がデビューした年のことである。何か不思議な力に書かされているような錯覚を受けたのを、今もはっきりと覚えている。結果、角川春樹小説賞を頂き、ついで初めて直木賞の候補になった。

よく小説のテーマは何かと聞かれるが、実際のところ、私はそこまで考えている訳ではない。むしろ考え過ぎると、小説としての質が落ちる気がしている。しかし記者さんのインタビューには、それなりに何か答えねばならない。この『童の神』では、やはり差別ということになるだろうか。学校では差別は良くないと当然教えるが、歴史を振り返ってみれば、多くの差別を繰り返してきたということがよく解る。極論を言えば、人は差別をする生き物だともいえる。それに一定の歯止めをかけているのは、理性なのか、法なのか、はたまた倫理なのか。先述したことと矛盾するようだが、人は差別する生き物であるが、同時にそれをよしとしない生き物でもある。これもまた歴史が物語っているのである。と、たまには真面目なことを語ってみたくなった。

先日、原稿用紙920枚以上の大長編を脱稿した。滋賀の大津、長浜などを舞台とした『塞王《さいおう》の楯《たて》』という作品である。集英社の「小説すばる」で二年に亘《わた》って連載したのだが、この10月には遂《つい》に書籍となるので、その時は是非……と、それはさておき、今回はその連載のラストについての話である。担当編集と丁々発止のやり取りがあり、幾度となくラストのあたりを書き直した。〆切まで残された時間は僅かとなり、何と二徹で66時間起きっぱなしという事態に陥った。

6月で私ももう37歳となった。歴史作家としてはかなり若いとはいえ、これは正直なところかなり堪《こた》えた。ラストの8時間は東京に行き、その間も新幹線で原稿を書き、テレビの生放送にコメンテーターとして出演するという荒技である。峠を通り越してむしろテンションは高かったが、番組の後半で可愛らしい動物が紹介されるコーナーでは、「ん？　俺は今なにをしている？」と、一瞬だが訳が分からなくなっていたかもしれない。

幸い仕事は充実している。前職を辞した時、「二度と誰かに求められることはないかもしれない」と考えたこともあったから、今の状況は素直に幸せだと思う。先には

「もう37歳」と書いたが、「まだ37歳」。無理は出来ないが、求められる限り、もう少し頑張っていきたいと思う。だが今回みたいなことは懲り懲りなのは間違いない。

2021年9月号

この度、澤田瞳子《とうこ》先生が第165回直木賞を見事受賞された。それを記念してといえば些か大袈裟だが、澤田先生について少し語りたいと思う。

澤田瞳子作品は面白いが、澤田瞳子という人も面白い。まだ出逢って二年ほどなのだが、確実に最も会った回数の多い作家である。対談イベントなどでもご一緒する機会が多く、コロナ前はプライベートでもよくして頂いた。現在も京都新聞で毎月対談を行っている。

一番初めに長くお話ししたのは二年前の夏だったはず。上田秀人先生が開いて下さった飲み会があり、私は下戸なので車で伺っていた。その終わり、帰る方面が一緒なので澤田先生をお送りすることになった。

私の愛車は二人乗りのオープンカー。そこに澤田先生と二人。なかなかシュールな絵かもしれない。万が一の事故があってはならぬと、かなりの安全運転でとろとろ走ったのを覚えている。でもそれ以上に、澤田先生との話が楽しく、この時が惜しいと思ったこともある。そこで澤田瞳子という作家の魂にほんの少し触れ、スタイルを知り、すっかり好きになったのである。

ちなみに澤田先生のご受賞に際して、何か贈り物をしたいと思った。うちの秘書は澤田先生に「○○ちゃん」と呼ばれるほど目をかけてもらっている。その秘書が「澤田先生はチーズが好き」という情報を持っていた。

よし。一生に一度のことだし豪気にいこう。そう考え、イタリアから36キロのホールチーズを取り寄せ、ご自宅まで運んだのである。台車を押す背中に、燦々《さんさん》と照りつける太陽。澤田瞳子の喜んでくれつつも半ば呆《あき》れている表情を、私はきっと生涯忘れないだろう。

最近、司馬遼太郎『燃えよ剣』について話す機会があった。ご存じの方も多いだろうが、新選組《しんせんぐみ》の土方歳三《ひじかたとしぞう》を主人公とした歴史小説である。新選組について詳《つまび》らかに語れば、この誌面では到底足りないだろう。

今回は「新選組の最後の生き残り」に焦点を当てる。幕末に活躍した新選組である。局長の近藤勇《こんどういさみ》、美男の剣士のイメージのある沖田総司《おきたそうじ》などはその動乱の中で没した。件《くだん》の副長土方歳三も、最後まで新政府軍に抗《あらが》い箱館《はこだて》（函館）の地で散った。二番組を率いていた永倉新八《ながくらしんぱち》、三番組を率いていた斎藤一《さいとうはじめ》などは明治を生き抜き、大正時代になって死んだ。これも漫画などの影響もあり、それなりに知られるようになっている。では最後の一人は誰か。稗田利八《ひえだりはち》という人。後に池田七三郎《いけだしちさぶろう》と名を変えた。

池田は今の千葉県東金《とうがね》市で商人の三男として生まれた。武士になりたかったらしく、慶応《けいおう》元年（1865年）に故郷を出て、江戸で剣を学んで、陪臣《ばいしん》（格の低い武士とここでは考えてもらえればよい）になることが叶った。

池田はそれで満足しなかったのだろう。慶応3年（1867年）に新選組に入り、鳥羽伏見《とばふしみ》の戦いをはじめ、新選組として各地を転戦する。甲州勝沼《こうしゅうかつぬま》の戦いで、大砲を受けて顔の半分が崩れるほどの重傷を負うものの、何とか一命を取り留める。

池田はそれでもまだ、会津へ移動して戦う。これは意地というより、恐らく行き場所がなかったのだろう。そこで大部分の隊士とともに降伏することとなった。一年の謹慎を経て商人に復帰。なかなか商才はあったらしく財を築いて、慈善活動にも力を入れていたらしい。

池田が死んだのは昭和13年（1938年）1月16日。88歳の大往生である。私の祖父は昭和2年の生まれなので、祖父が小学5年生になるまで新選組の生き残りがいたと知り、なかなか驚いたことを覚えている。幕末は遠いようで近い。そのようなことを感じる話である。

10月26日、拙著『塞王の楯』が集英社より発売される。戦国時代、石垣造りを生業とした「穴太衆《あのう》」の飛田匡介《とびたきょうすけ》が主人公である。匡介は越前《えちぜん》の出身。幼い頃に落城で家族を失ったことで、自分の積む石垣で人々を、泰平を守ることを誓う。決して落ちない城、「最強の楯」が世に溢《あふ》れれば、戦を起こそうとする者はいなくなるという考えである。

だが鉄砲作りを生業とする「国友衆《くにとも》」の若き天才、国友彦九郎《げんくろう》は全く反対の考えを持っている。どんな城でも瞬く間に落とす武器、「至高の矛」を世に満ちさせようとするのだ。一度の戦で多くの人々の命を奪う武器を使えば、次は敵にそれを使われて報復を受けてしまう。だから使うのを躊躇《ためら》うといった訳だ。

さて、ここまで半ば宣伝をさせて貰ったが、この小説は滋賀県にもかなり関係がある。前述の穴太衆は現在の大津市穴太、国友衆は長浜市国友が育んだ職人集団なのだ。この穴太衆と、国友衆の激突は幾度かあったが、その最たるものが「大津城の戦い」だと私は考える。滋賀が生んだ矛盾の技能集団が激突したのも、また滋賀であったのには因縁を感じる。

他にも、草津、近江八幡、蒲生《がもう》、甲賀、塩津《しおつ》などの滋賀県の地名が続々と出て来る。こうして滋賀県に住んだからこそ、着想を得られたのは間違いない。滋賀の方々には是非、読んで頂けたならば幸いである。

２０２１年12月号

滋賀に纏わる小説、登場人物を描くことが多い。別に滋賀に住んでいるからというつもりはないのだが、その気にさせられる何かがあるのかもしれない。

前回も述べたが近著である『塞王の楯』は、舞台の９割が滋賀県。登場人物の中には大津城主の「京極高次《きょうごくたかつぐ》」が出てくる。妻の「お初《はつ》」もまた近江出身だ。『八本目の槍』の主人公は「石田三成」である。他に近江出身者として「片桐且元《かたぎりかつもと》」「脇坂安治」などが出る。

そしてつい最近、「週刊新潮」で連載が始まった『五葉《ごよう》のまつり』の主人公もまた石田三成。ほかに「長束正家《なつかまさいえ》」や「大谷吉継《おおたによしつぐ》」などの近江出身者（諸説あり）が登場する。

まず単純に戦国期、織豊期において、近江出身者の活躍が多いことも理由だろう。

だが私は何故か近江の大名として有名な「浅井長政」はほとんど書いたことがない。前述の『八本目の槍』や、２０２２年春刊行予定の『幸村を討て』で、ほんの端役《はやく》として出るくらいである。

別に浅井長政が嫌いな訳ではない。

今ひとつ彼の行動原理、思考が理解出来ないのだ。厳密にいえば、他の武将のことが解っている訳ではない。ただ何となくこうではないかという仮説は立てられる。

これすら彼《か》の武将には未だに出来ないでいる。何故、信長を裏切ったのか。裏切ったならその機を逃さずに討ち果たすべきなのに、どこか迷いのようなものが感じられるのだ。

かなり複雑な精神状態にあったように思われ、なかなか輪郭がはっきりしない。よく浅井長政を書いてくれと言われるが、そのためにはもう少し私自身が成長し、彼の思考を推測出来るようになる必要があるだろう。

2022年1月号

二年以上に亘って連載させて頂いた『湖上の空』ですが、今回が最後となります。現在、月刊誌を五つ、週刊誌を一つ、新聞での毎日連載が一つ、合わせて書下ろしのシリーズが二つ……さらに来年から新聞で月一の書評エッセイが始まることで、取り敢えず一区切りさせて頂きたい旨を申し出ました。仕事が増えることは非常にありがたいことですが、正直なところ、私が思っていた以上の多忙な日々を過ごしております。

そもそもこの誌面でエッセイを連載させて頂いたのは、京都府に生まれながら、滋賀県に住まわせて頂いている私が、少しでも滋賀県の皆様に恩返しが出来たらという想いのためです。その想いというのは、今なお変わりませんし、今後も滋賀県を盛り上げていくためならば、微力ながら頑張っていきたいと思っています。

この最終回が皆様のお手元に届く頃には、もう発表されているとは思います。この度、第166回直木賞の候補に、拙作『塞王の楯』が選ばれました。この作品は滋賀県が誇る石積みの職人集団「穴太衆」が主人公で、またライバルとして同じく滋賀県の鉄砲作りの職人「国友衆」が登場します。そしてその両者がぶつかるのもまた滋賀県にあった大津城。滋賀県尽くしの小説となっております。

三度目といえば聞こえは良いですが、すなわち先の二回は受賞に至らなかったということ。この作品で受賞出来れば、それこそ滋賀県に恩返し出来るのでは……と、淡い期待を抱いております。

ただし実力は勿論《もちろん》のこと、こればかりは時の運もあります。幾ら最高の出来でも、それ以上の候補作があれば受賞するには至りません。ただ仮に此度《こたび》の受賞を逃したとしても、私は諦めることはありません。

2009年に前々職のダンス講師として住まい、2015年に退職して守山《もりやま》市埋蔵文化財センターでお世話になり、2017年に小説家として一歩を踏み出したのもこの地です。勝手にですが、すでに京都の作家ではなく、滋賀の作家だと私自身は思っています。そしてこれからも滋賀に住まいつつ、必ずや夢に達するつもりです。

滋賀には作家がいる。少しでも作家という仕事を身近に感じて頂けたならば、このエッセイにも意味があったかと。是非、何処《どこ》かでお見かけの際は、お気軽にお声を掛けて下さい。そうでなくとも、また何処かで、文章を通してでも再会出来たならば、これ以上の幸せはありません。長い間、誠にありがとうございました。

今村翔吾をつくるもの

「オール讀物」——自伝エッセイ　2022年3・4月号

夢を叶える

1984年6月18日の月曜日。午後3時半頃、私はこの世に生を受けた。篠突《しのつ》く雨が軒先に滴るような日だったらしい。

場所は京都府木津川市。合併前の当時は京都府相楽《そうらく》郡加茂《かも》町といった。加茂町の中でも南加茂台というところで、台という字から想像出来るように、私が生まれる少し前から山を切り開いて開発された住宅地である。相楽郡は京都府の最南端に位置し、車で10分ほど走れば奈良県に入る。電車でも二駅先はもう奈良県である。さらに大阪までも40分程度。いわゆるベッドタウンである。一丁目から十五丁目まで番地が振られており、私が住んでいたのは三丁目。すぐ近くの五丁目に小さな商店街があり、小さなスーパー、酒屋、煙草屋《タバコ》、床屋などに並んで、いわゆる町の本屋もあった。

姓は今村である。歴史小説家らしく、私のことに入る前に少し「家」について書いてゆきたい。元は加茂町の隣、車で20分の和束《わづか》町にルーツを持つ。当時は祖父母、伯父、伯母が住んでおり、私の翌年には従妹《いとこ》が生まれている。古風な言い方をすれば、こちらが本家で、次男だった私の父が分家して隣町に出たということである。

過去帳や、残された物を見る限り、江戸時代から明治初期までは医者をやっていたらしい。帯刀を許されていたのか、それとも勝手に隠し持っていただけなのか、数々の医者の道具に混じって刀も数振りあった。さらに遡ると今村氏は、山城国一揆《やましろのくにいっき》に加わったという記述もある。三好長慶《みよしながよし》の被官として京で辣腕《らつわん》を振るった今村慶満《よしみつ》の眷《けん》属《ぞく》だったのだろうかなどと考えたこともある。もしそうならば、ご先祖様は私が『じんかん』で書いた松永久秀と顔見知りだったということになる。

その他の記述は決して多くないが、和束の豪族である森田《もりた》氏に従い、伊勢《いせ》方面に移動中の浅野長政《あさのながまさ》の軍勢に突如として奇襲を掛けたらしい。しかも運が良かったのか、浅野長政は余程油断していたのか、勝ってしまったというから面白い。

どうも小牧長久手《こまきながくて》の戦いの頃である。背景には近江の多羅尾氏が扇動したようだ。その背後には伊勢に領地を持つ滝川一益《たきがわかずます》、織田信雄がいたのではないか。続く記述はないものの、その後の歴史を考えれば、あまり良いとはいえない処置をされただろう。もっとも秀吉からすれば、そのような地侍のことなど些末《さまつ》なことであろうから、こうして家が残ったのかもしれない。

今村家は祖父の代には町役場に勤める傍ら、神社の宮司をしていた。和束天満宮という社で、平安時代に円融《えんゆう》天皇より、菅原道真《すがわらのみちざね》の絵を奉納されて祀《まつ》ったのが始まりというのでかなり歴史は古い。私のお宮参りや、地鎮祭なども、自前でやっていたのをよく覚えている。

長男の伯父も京都市役所に勤め、次男の私の父も小学校教員であるから、こうやって考えれば公務員ばかりである。

母方の姓は安田《やすだ》と謂《い》う。伝わるところに拠《よ》ると、いまの岐阜県である美濃国《みののくに》安田村にルーツがあるとのこと。安田国継《くにつぐ》と謂う武将がいる。これでぴんと来る人もいるかもしれないが、本能寺の変の折、明智家の家臣として織田信長に槍《やり》を刺し、森蘭丸《もりらんまる》を討ち取った男である。そこまでしておきながら、山崎《やまざき》の戦いで明智光秀が敗れると、安田国継は逃げた。そこから天野《あまの》源《げん》右《え》衛門《もん》と名を変え、様々な家を転々とし、途中には『塞王の楯』に登場する立花《たちばな》家にも仕えたことがある。最後は寺沢《てらざわ》家に仕え、さらに平野《ひらの》に姓を変えた。42歳の時に腫瘍に苦しんで切腹。死んだ日は織田信長の祥月《しょうつき》命日であるというから、何か思うところがあったのかもしれない。墓所は佐賀県唐津《からつ》市にあるとのことで、九州さが大衆文学賞の贈呈式の時にふと頭を過《よ》ぎったのを覚えている。この一族がどこかで安田姓に復したというのが、母方のルーツとされているが、実際のところ眉唾かもしれない。

さて、長々と家について語って来たが私のことである。ここからは記憶を辿《たど》りながら、年齢ごとの思い出を書いていきたい。

まず最も古い記憶は3歳。長崎県を旅行の途中、部屋で私が寝ているので、父母はその隙にとお土産を買いに行った。目を覚ました私は誰もいない不安に駆られ廊下に出る。そこでホテルの従業員を母と間違い、すたすたと後を付いていった。間もなく母ではないと気付いたが、優しいその女性は私をロビーに連れて行き、すぐに父母に会うことが出来た。待っている間、試食のチーズをひたすら食べていたことを覚えている。ちなみにチーズは今も好物の一つである。

それから間もなく、三つ下の弟が生まれた。難産だったらしく、母は暫《しばら》く入院することとなった。父一人で私の面倒を見るのは大変である。夏休みの時期だったということもあり、この頃は先に書いた祖父母の和束にいることが多かった。父はよく川に遊びに連れて行ってくれた。この時、私が河原の石を集めているので、何故《なぜ》かと訊《き》いたところ、小さな背を丸めながら「お母さんの好きな色の石をあげたい」と、せっせと集めていたらしい。これは私が『鬼煙管《おにきせる》　羽州ぼろ鳶組』で書いたものの原体験だろう。この後も小学6年生まではよく父と、成長した弟と共に川に遊びにいった。筌《もんどり》と呼ばれる漁具の扱い方や、ヤスで魚を突くことも覚えた。『塞王の楯』でもそうだが、思えば私の書くものに河原の描写がよくあるのは、そのせいかもしれない。

3歳から5歳まで保育所に預けられていた。活発な子ではなく、どちらかというとパズルやプラモデル、人形遊びに興じていた。しかし、よく喋《しゃべ》るのはこの頃から変わらないらしい。当時の保育手帳を見ると、「しょうご君は色んなことを教えてくれます」といったようなことが書かれている。保育所のお友達が「千代《ちよ》の富士《ふじ》」と「横綱」のどちらが強いかという論争を繰り広げている時に「いや、横綱は位で、千代の富士が横綱」と、割って入ったというから、その頃からそういうやつだったのだろう。

小学校に入ると、一転して活発に動き出す。躰《からだ》も人より大きく、どちらかというと運動も出来るほうだっただろう。小学3、4年時は特に学校生活が楽しかった。当時の恩師やクラスメイトとは、未だに連絡を取る。その後、地域でも問題になるほどクラスが荒れた時、私はその中心の一人になっていた。言い訳をする訳ではないが、子どもとはそのようなものだと思う。昨日まで温厚真面目な子が、担任が変わるだけで嘘《うそ》のように荒《すさ》む。私も当時の記憶は薄い。しかしさらに担任が変わると、これまた嘘のように戻る。教育とは大切だと身をもって感じるきっかけであった。

その頃、父母は中学受験を勧めだす。そのような荒んだ状況に対して、何か手を打とうと思った末かもしれない。私は勉強が嫌いではなかったらしい。恐らく人生において、執筆に追われる今の次に頑張った。本に、小説に出逢《であ》ったのもこの頃である。

母の買い物について奈良市に出た折、古本屋の軒先に並ぶ、池波正太郎著『真田太平記《さなだたいへいき》』の全巻を欲しいとねだった。今まで碌《ろく》に本を読まなかったので、母は「ほんまに読むんかいな？」と、懐疑的だったが、結局それを夏休みの40日足らずで読破する。

そして読み切るとすぐ、先に書いた町の本屋に走って他の池波先生の本を買い求めた。そこから受験勉強の合間、本を読み漁《あさ》った。早く受験を終え、もっと本を読みたいと思っていたのも覚えている。

中学は希望校に行けた。小説を読みながら、よく通ったなと今でも思う。中高一貫の学校で、余談だが私が入学した年に、森見登美彦先生が入れ替わるように卒業している。国語の先生は後にサイン会に来てくれて「森見と今村を教えた」と、自慢げに並べて語ってくれていたことが嬉《うれ》しかった。

この頃から私の読書はさらに加速する。池波正太郎を読破すると、司馬遼太郎、藤沢周平、海音寺潮五郎、吉川英治、山本周五郎、城山三郎、白石一郎、戸部新十郎、陳舜臣、北方謙三、浅田次郎、池宮彰一郎と、これでもほんの一部である。歴史小説、時代小説を読みに読みまくった。小説だけでなく、祖父から貰《もら》った歴史の資料を最も読み漁ったのもこの頃であろう。家にある歴史関係の本、辞典は100冊以上。比喩ではなく全て読み、図書館にも通った。

本を読むだけではなく、各地の城や史跡に連れていって貰ったのもこの頃。池波正太郎真田太平記館が上田《うえだ》市に出来た時や、2000年に岐阜県で行われた関ヶ原400年のイベントには、「何としても」と頼みこみ連れていって貰った。その時の冊子、パンフレットは今も書斎に残してある。小説家になりたいと漠然と思い出したのはこの頃である。

一方、私生活に大きな変化が生まれたのもその頃である。両親が離婚した。双方に思うところがあったのだろうと今では解る。ただ当時の私は別れて欲しくないという一念に尽きた。三年ほどやんやとあり、その間、両者の間に入って奔走したものの、結果として上手《うま》くゆかなかった。

私は母と弟との三人で住むことになった。後述するが、父とは親子とは別の関係があったため、母を優先したのである。これは父も賛同していた。

それから数年後、母が忽然《こつぜん》と姿を消した。母の日に花束を持って帰ると、犬、猫、僅《わず》かな家財と共に。置手紙があった。冷蔵庫に残っていた豚の生姜《しょうが》焼き。もう二度と食べられないかもしれないと、腐るぎりぎりまで残していたが、最後に弟と二人、ぼろぼろと泣きながら食べたのを覚えている。

これだけを聞けば酷《ひど》いとなるかもしれないが、彼女を責めるつもりはないし擁護したい。本当に色々あったのだ。母も一人の人間であると思ったのはこの時が初めてだろう。それからも所不明で書簡が届き続け、子どもたちに会いたいという想《おも》いが綴《つづ》られていた。そして30歳、デビューの直前、十年以上振りに私は母に会いにいった。小説家になる前に、一つの決着をつけたかった。今は私の小説の一番のファンとして、そして母として、失った時を取り戻そうとしてくれている。

さて、父だ。これは私に大きな影響を与えた。ご存じの方もおられるかもしれないが、父は教育者として著名であった。コメンテーターを務めたり、自身のドキュメンタリーが放映されたり、挙句の果てにはドラマにもなった。

私が小説に没頭している中高の頃、ダンスを通じて、不登校や、いわゆる不良と呼ばれる子を集めて面倒を見た。更生という言葉は好きではない。やり直したいという想いをサポートする程度が相応《ふさわ》しいだろう。私は申し訳ないが、別にダンスに興味があった訳ではない。むしろ嫌いだったといってもよい。だが父の強い説得で加わることとなった。離婚していた父は、ここに親子の繋《つな》がりを求めたのかもしれない。私が「ダンスインストラクター」になった訳はここにある。

それが世に、出た。子どもの数は年々増える。最盛期には400人を超えた。教え子の名誉のために言うが、その頃になると創始の頃とは違い、純粋にダンスを習いたい、いわゆる普通の子も多くなった。むしろそちらが圧倒的に多かっただろう。しかし中には、「やんちゃ」な子も一定数いたのも確かである。

とても人手が足りず、仕事としても助けるようになった。子どもが家出すれば駆け付け、家庭内で暴力を振るえば駆け付け、補導されれば駆け付け、それでいて月曜日から土曜日まで6教室を教えて回る。ダンスは依然として好きではなかった。が、子どもたちは大好きだった。だから手を抜いたことなどはないし、より子どもたちを教えるということの意味を考えるようになっていった。

持論が生まれていったからであろう。途中から父の方針との齟齬《そご》を感じ、度々意見をするようになったのは。互いに言葉を荒らげることはしばしば、時には親子で取っ組み合いの喧嘩《けんか》をしたこともある。そのずれというものは時を追うごとに大きくなり、話せば喧嘩になるということで、このエッセイより長い手紙を書いたこともある。比べるべくもないが、当時の私にとっては「北畠顕家上奏文《きたばたけあきいえじょうそうぶん》」や「出師《すいし》の表」のつもりで熱を込めて書いた。が、結果として溝は埋まることは遂《つい》に無く、それどころか父の考えとのずれは大きくなる一方であった。

一方、子どもたちには「将来、小説家になりたい」と夢を語っていた。が、雑誌に掲載された先輩作家の対談を見ていると、もっと歳《とし》を取ってからでもよい、むしろ歳を重ねるべきだという意見が多い。故に40歳、いや50歳になってからでもよいなどと思っていたし、周囲にも漏らしていた。

2014年の秋、夜半、一人の教え子が家出をした。高校生の女の子である。家族の電話には一切出ない。もしかすると私ならば出るのではないかとお母さんに頼まれ、私は電話をする。出た。近くにいるというので迎えにいく。理由を聞いても何も言わない。それ以上は何も問い詰めずに送り届けた。

その数日後、またその子は家出をする。決まって夜である。母親から頼まれて電話を掛け迎えに行く。前回よりもやや遠い。また数日後、またまた数日後と同じことが続く。迎えにいく距離はどんどん遠くなり、遂には県境を突破する。なるほど、試されているのだ。そこで私は家出先が東京であろうが、たとえ国を跨《また》ごうが、迎えに行く決意を固めた。半ば意地である。

連れて帰る間、助手席に座る彼女に語り掛けるが返事は碌にない。夜のガラスに映る彼女は目を開いているので寝ている訳ではない。ただある時、「将来、何かしたいことないんか?」という問いに、彼女は鋭敏に反応を示した。「あるけど、別にい」というのが彼女の答え。自分の夢には専門学校などのお金が掛かる。母子家庭に加え、姉が大学に行っている今、家族に迷惑を掛けてまで、やりたい訳ではない。彼女はそう言った。

「今は奨学金とかもあるやろ」「諦めるなよ」熱血教師ぶって、そのような言葉を掛ける私がうざったかったのだろう。彼女はきっと私を睨《にら》みつけ、「翔吾くんも夢を諦めてる癖に」と冷めた口調で言い放った。

その言葉に愕然《がくぜん》とした。彼女の言う通りだったのだ。父とのずれを感じ、外に出たいという鬱々とした感情はあった。将来の夢らしきものもある。それなのに踏み出さないのは、今の環境が変わることを、夢が叶《かな》わない人生を、ただ恐れていただけなのだ。その晩、眠れずに一人で考え抜いた。数日後、私は父に職を辞したいと告げていた。そして彼女を含めた、全ての教え子に向け、「30歳からでも夢が叶うことを、俺の残りの人生で証明する。それを最後に教えたい」と言い残して、小説家を目指すこととなった。この時点で一編の小説も書いていないのだから無謀極まりないが、私の胸にはただやるという一念だけが渦巻いていた。

そこから私が小説とどう向き合い、どのような賞に応募し、如何《いか》にデビューしたかは、これまでも多く語っていることである。そして折々の私を知って頂くためには、やはり小説を読んで頂くのが最も良いだろう。

こうして書いてみると、やはり人生というものは、良くも悪くも、作品に大きな影響を与えるものだと痛感する。そして多くの方々との縁が次の作品を生む力となっているのは確かだ。

他に若い読者、あるいは読者でなくとも若者に関わることも、何かやっていきたいと思うようになっている。少しずつだったとしても。初めて公に話すが、父との溝は今日まで埋まっていない。父の跡を継いだ弟も含め、もう数年は会ってもいないし、言葉を交わすこともなくなった。父とのずれを感じ、散々若者への向き合い方を考えたあの時間が、そのようなことを想わせているのだと思う。

そして最後に、今後の小説との向き合い方である。別にたいしたことはない。今まで通り、今より次、次よりその次と、より良い小説を上梓《じょうし》していきたい。何が良いかと聞かれれば困るのだが、記者会見でも述べたように、敢《あ》えてチープに、敢えてシンプルに「面白い小説」を書いていきたいという欲求がある。それが新たな縁を生み、また面白い小説に繋がるのだと思う。この螺旋《らせん》の中、死の直前まで筆を走らせ続けてゆく覚悟はある。

「IN・POCKET」――リメンバー・ヒーロー　忘れられない、あの主人公　２０１８年３月号

レオン・モンタナ【映画「レオン」】

名作「レオン」の主人公、レオン・モンタナが私の英雄《ヒーロー》である。ジャン・レノと言わないのはこの人物への思い入れと取って頂きたい。

レオンは孤独な中年の殺し屋である。得た大金の使い道も無く、観葉植物だけが友という哀《かな》しい暮らしである。そんな彼は父に虐待を受けている12歳の少女、マチルダと出逢う。彼女の父が麻薬を横領し、唯一心を開く弟も巻き添えとなって殺されてしまう。レオンがマチルダを助けたことで、二人の奇妙な共同生活が始まるのだ。マチルダは復讐《ふくしゅう》のために暗殺の技を習い、殺し以外を知らないレオンは彼女に読み書きや計算を習う。二人の表情には安らぎが満ち溢《あふ》れている。

さて、この二人の間に流れた感情は『恋』なのか。当時、評論家の中でも意見が分かれ、これは親子愛に似た感情だと評する方が多かった。中年親爺《おやじ》と12歳の少女、ロリコンと思われても仕方なく、世の大半はとても恋とは容認出来なかったようだ。

私には恋に見えた。似た感情を抱いたことがあるのだ。どうかここで止《や》めないで最

後まで読んで欲しい。これだけならば私は奇人と思われかねない。

私の前職は不登校の子、世に不良と呼ばれる子の「生き直し」を図るダンスチームのインストラクターであった。そこには小中高生がおり、マチルダ同様に不幸な家庭環境で育ってきた少女も見てきた。

家出を繰り返す子を何度も迎えにいった。「私は独りだ」と縋《すが》って号泣した子もいる。彼女らは信頼出来る人、共に歩んでくれる人を求めていた。

寄り添うことも、導くことも出来る。だが友達のように、あるいは恋人のように、真の意味で同じ時代を共に歩んでやることは出来ないのだ。その切なさと無力さ、それでも応《こた》えたいという想いは愛というより、恋に酷似していた。

レオンはマチルダを守り、彼女の仇《かたき》を道連れにして散る。これを愛と呼ぶのは、何故か私には野暮に思える。男が女の為《ため》に死ぬ。恋でいいではないか。

私の作品「羽州ぼろ鳶組」にも、彦弥とお七、牙八とお琳などの兄妹《きょうだい》のような取り合わせがある。少女は憧憬と恋心を混同して想い、大人はいつか来る「別れ」を知りつつ寄り添う。そんな機微を描きたいと思ったのは、レオンという男の影響が大きい。

私はやはりそれを『恋』と呼びたいのだ。

一の夜、千の夜

「小説すばる」――ある夜に　2018年7月号

一括《ひとくく》りに言ってしまえば、他の男性から猛抗議を受けるかもしれないので、私と謂《い》う男が愚かであるといった程度に取って頂きたい。

　さて、タイトルは存外ロマンチックになってしまったが、詰まるところ男女の話である。男が忘れ得ない夜を挙げるとすれば、まずは恋する人と過ごす初めての夜ではないか。

　そう書くと些《いささ》か下世話に聞こえるかもしれない。確かに男は概して助兵衛《すけべえ》だと言えるが、艶っぽい話だけではない。彼女が掛けてくれた些細《ささい》な言葉、詰まらない冗談で笑ってくれた笑顔、こちらが狼狽《うろた》えてしまう謎の涙、手を伸ばすと摑《つか》めると錯覚するほどはきと覚えているものである。

　もう一つ。忘れられないのは、そんな彼女と千の夜を共に越えて訪れた最後の夜である。大抵はこれが最後と認識しないまま過ごすことになるが、稀《まれ》に「これが最後になるな」と感じて迎える夜もある。

これで二度と彼女と過ごすことはないのだという哀しみと、最後までいい男でいたいという気障《きざ》な感情が全身を駆け巡る。ネイルが新しくなったことに今更気付く。爛漫《らんまん》だったはずの笑顔が昔に比べぎこちない。何気なく過ごしてきた数百の夜に後悔するのである。

これほど明けぬことを望む夜けない。しかし刻一刻と時は無常に過ぎてゆく。もう言葉は必要ない。無為に思える数百の夜は、二人に無言で話す力だけは与えてくれた。やがて東の空が白ずみ、鳥の囀《さえず》りが静寂《しじま》を解《ほぐ》す段になって、ようやく別れを受け入れるのだ。

こうして語ってきたが、女性はどうであろうか。恐らく男が願うほど覚えていないものだろう。男が「千の夜」を心の片隅にそっとしまっておくのと対照的に、女性はきっとまた新たな「一の夜」が「千の夜」を、綺麗《きれい》さっぱりと塗りつぶしてくれているのではないか。

男もまたそれを知らぬほど馬鹿ではなく、淡い妬心を抑えつつ、目一杯恰好《かっこう》をつけて幸せを祈るものである。

私の小説に出てくる男たちは、皆このように不器用で恰好が悪い。しかし男のこの愚かしさこそが、美しさと表裏ではないかと私は思うのだ。そうであって欲しい。でなければいよいよ男の立つ瀬がないではないか。

夜というテーマで迷わずこれを書く私もまた、「千の夜」に想いを残している一人ということであろう。

やはり男というものは、つくづく馬鹿な生き物であるらしい。

父と追った鮎

「STORY BOX」——思い出の味　２０１８年12月号

かつて私は好物でもない食材を、必死で追い求める日々を過ごした。京都府の南端、相楽郡和束町と謂う地がある。面積は、東京23区で一番大きい大田《おおた》区よりも広い約65平方キロ。人口は約４０００人。山河が大半を占め、上質な茶が採れるということ以外特筆することのない田舎《いなか》町。ここが父の生まれ故郷であった。夏になると、父は車で20分かけ、この地に川遊びに連れて行ってくれた。母が入院していた時などは、本当に飽きもせず毎日。拙著『鬼煙管　羽州ぼろ鳶組』で描いた父子の川の光景もこの日々が元になっている。

幼い私には夢があった。ヤスと呼ぶ漁具で、鮎《あゆ》を突いて獲《と》ることである。和束の清流には鮎が沢山おり、夏には大人も挙《こぞ》ってこれを追う。だがヤスの扱いが危険である為、小学4年生まで父に禁じられていた。私は筌で小魚を獲りつつ、その日を心待ちにしていた。

5年生になってからは、もうがむしゃらに追いかけた。しかし川の流れが速く、鮎も絶望的なほど高速で泳ぐ。父は容易《たやす》く鮎を獲るが、私は夏が終わっても一匹も突けなかった。父の獲った鮎を食べても旨《うま》いと感じない。むしろ腸《はらわた》などは子どもの私にとっては苦いだけ。つまり食べたくもないものを夢中で追ったのだ。

遂にその時が訪れたのは三度目の夏だった。穂先に鮎が刺さっていた時、私は興奮を抑えきれず、父も感嘆の声を上げた。話の流れからすれば、この時の鮎は旨かったとしたほうが収まりがよい。しかし残念ながら、やはりそうは思わなかった。私は父に大人と認めて欲しいが為、鮎を追っていたらしい。夏の終わり、「来年も来よう」と父子で川を後にしたが、中学1年生の私は何となく、これが最後ではないかと直感して、二度三度振り返ったのを覚えている。父は今尚《いまなお》健在だが、果たしてその通りになっている。父と川を訪れるのは、私が大人になる為の儀式であったかと思えるほどに。

夏の終わり鮎を食す。舌でほどけるようなきめの細かい白身、そしてほろ苦い腸の味も旨いと思うようになった。そんな時、決まって思い出すのは川からの帰路、茜《あかね》を借景にするほど存在感を放つ、広く大きな父の背である。

初めての待ち会

「小説すばる」――作家の目　2019年3月号

これを書いているのは1月17日午前1時2分。第160回直木賞の結果が出て、ホテルに帰って間もなくのことだ。私は担当編集達と賞の発表を待つ、いわゆる「待ち会」を開いて頂いた。初めてで分からなかったが参加者は35人と、稀に見る大人数だとか。結果が出たのは午後6時21分。電話を耳に当てながら皆に片手で拝むような恰好を取る。切ると私はすぐに「あー、俄然《がぜん》、やる気が出て来た」と笑った。嘘ではない。湿っぽい雰囲気が嫌いなのだ。皆で賑《にぎ》やかに騒いで、二次会でも男の編集と愚にもつかない下世話な話で盛り上がる。私の初の待ち会は、敗戦ながらも終始笑顔で締めることが出来た。

ホテルで読む家族、友人、そして書店さんからの数多くのメール。そして今この写真を見て初めて涙が零《こぼ》れた。悔しいからではない。何と自分は幸せな男なのかと実感したのだ。信じてくれている人がいる限り、私は何度でも立ち上がるだろう。

真田信之《さなだのぶゆき》

真田家といえばやはり、真田幸村（信繁）の名を真っ先に思い浮かべる人が多いだろう。次点として挙げられるのは「表裏比興《ひょうりひきょう》の者」と呼ばれ、二度に亘《わた》って徳川家の大軍勢をはね除《の》けた昌幸《まさゆき》ではないか。ただ私はこの昌幸の長男にして、幸村の兄である信之に最も心惹かれる。彼は関ヶ原で父弟と別れて東軍に付き、真田家の命脈を保ったのだ。

そして信之は父の死後四十七年、弟の死から四十三年後、93歳で大往生を遂げる。上田城合戦、大坂の陣での活躍は確かに華々しいかもしれない。だが後半生ずっと続いた、信之の静かなる戦いのほうが余程難しかったように思える。

信之は死の淵《ふち》で何を考えていたのか。今後の真田家を憂えていたのか。それともほっと安堵《あんど》に胸を撫《な》でおろしていたのか。遥《はる》か昔の記憶になった父や弟に話しかけていたのか。私も長男であることもあり、小説家として実に興味がそそられる。

「小説現代」――私の好きな戦国武将　２０２１年１月号

「なごみ」——忘れられないお茶　２０２２年２月号

茶を欲する遺伝子

私の事務所には現在、三人のスタッフがいる。9時に出勤し12時に昼食。ここは普通だと思われるが、14時から15時頃にティータイムがある時もある。いや、余程忙しくない限りほぼ毎日、少なくとも週に三度くらいはあるだろう。私がそれくらいの時間になると、「お茶しよう」と、言い出すのである。

茶の種類は様々。煎茶、かぶせ、玄米茶、ほうじ茶、紅茶だけでなく、薔薇《ばら》のお茶、黒豆茶なんて日もあるし、最近では加賀棒茶が頻繁に登場する。金沢に仕事に行った時に目に留まった九谷《くたに》焼の急須、スタッフ分のティーカップを買ったので、主に茶器はそれを使っている。

茶菓は私が下戸ということもあり、よく贈り物でお菓子を貰うのであまり買う必要はない。秘書さんが「これ賞味期限迫っている！」と、順に出してくれるのだ。

先に言い訳をしておくと、私はよく言えば鷹揚《おうよう》、悪く言えば大雑把なほうだと思う。だが茶の淹《い》れ方だけには些か煩《うるさ》い。「これ何度で淹れた？」とか、「カップ温めるほうが良くない？」とか、「もう少し蒸らしたほうが出るぞ」などと、口を挟む。故にスタッフは皆、内心では「うるせえな」と、思っているかもしれないが、茶の淹れ方が少しずつ上手くなっている。とはいえ、二煎、三煎ともなれば適当で、出りゃあいいと前述した大雑把なところが顔を覗《のぞ》かせる。

何故、このような習慣があるのか。この機会にふと考えてみた。執筆中は珈琲《コーヒー》がメイン。だから別に珈琲が嫌いという訳ではない。恐らくは子どもの頃から、祖父、伯父、そして父が「茶《ちゃ》淹《あ》れて」と、言っているのをよく耳にしていたからではないか。スタッフに聞いてみたところ、明らかにうちの場合は頻度が多かったことが判《わか》った。

私は京都府木津川市、旧相楽郡の加茂町の生まれである。隣町は和束町という知る人ぞ知る銘茶の産地で、一度足を踏み入れれば何処を見渡しても茶畑があるというような町である。父はそこの出身で、祖父母、伯父伯母夫婦はずっとその地に留まっていた。すでに祖父、伯父は他界してしまったが、今年92歳になる祖母と、伯母は今も和束町に住んでいる。車で20分ほどしか離れていなかったこともあって、子どもの頃は頻繁に往来していた。故にそこで昼食、夕食を共にすることも間々あるのだが、その食後、あるいは少し経《た》って、例の「茶淹れて」の声が聞こえて来るのだ。私も一緒に飲む。多分、小学校低学年くらいの時にはすでにそうだったと思う。

二十代の頃は忘れていたし、別に茶を飲みたいとも思わなかった。だが三十代になって急に茶を欲し始め、今では習慣となっている。和束にルーツを持つ者は、その躰に茶を欲する遺伝子が組み込まれているのかもしれない。

そもそもうちは広大ではないものの茶畑を持っていた。これは別に和束町に住む人ならば珍しくはない。今は男手が無くて人に貸しているが、私が子どもの頃は総出で畑仕事をしていた。幼い私から日を離せないこともあり、伴われて私も一寸《ちょっと》は手伝う。ここでもわざわざ茶器を持って行き、小屋で一服するのである。これがとても美味《うま》かったのを覚えている。

これが「忘れられないお茶」ならば美しいのだが、まだ少しだけ続く。私の個人的感想も混じっているが、和束茶は全国平均に比べれば濃い。独特の渋みというか、出汁《だし》のような風味が奥に潜んでいる。故に一般的に好まれる爽やかな風味の茶は、少なくともうちの家族の好みには合わなかったらしい。

旅行先の旅館の茶を一口含み、祖父が小声で「頼《たよ》んない」と、ぼそりと呟《つぶや》く。これが私からすればお馴染《なじ》みで忘れられない光景、忘れられない茶である。祖父は2005年に他界し、すでに十七年の歳月が流れているが、このエッセイを書くにあたり真っ先に思い出した。

そして気付いた。最近、甘さが際立ち、抜けるような風味の茶を喫すると、私も思わず「美味いけど……頼んないな」などと、呟いているのだ。

弟へ

私には三つ年下の弟がいる。今でこそ熊のような風体をしているが、幼い時は可愛《かわい》かったものだ。弟が3、4歳の頃は手を繋ぐのをよくせがんだ。そして、「手ぇー、手ぇー繋ぎ」と、節を付けて歌う。それが何とも可愛らしく、5歳くらいで「もうしない」と言われた時、かなりショックで、それが何処《どこ》だったのかさえ覚えている。

私が幼少時には部屋の中でジグソーパズル、プラモデル遊びばかりしていたのとは真逆で、弟はかなり活発に外で遊び回っていた。夕飯時になっても一向に帰宅せず、母親が心配をしていると、「弟君、川で遊んでたよ」と近所の人が教えてくれた。探しに行くと、膝あたりまでの川で一心不乱に蟹《かに》だったか、ザリガニだったかを捕まえていたこともあった。

私はうっすらとしか覚えていないが、弟が言うにはこんなこともあった。私より2歳年上と、1歳年上の近所の悪ガキ兄弟に弟がいじめられて泣いて帰って来た。私はその悪ガキのもとに向かい、取っ組み合いの大喧嘩をしたという。大人しい性格だったとはいえ、兄という自覚があったのだろう。

長じても兄弟仲は良かったほうだと思う。少なくとも周囲にはそう言われていた。ダンスを同時期に始め、共に各地に遠征に行ったりしていたこともあるだろう。

弟との思い出で最も苦しいのは、別稿でも書いた母が出て行った時のことである。母の日に二人で花束を用意して帰ると、もぬけの殻だった。その後に、弟にとっても大事な用事があった。弟を動揺させてはならぬと、先に家に入った私は「入るな！」と、思わず叫んだ。十分、何事があったかとは予想は付いただろうが「いいから。今はまず用事を」と、繰り返したのを覚えている。

その後、用事を終えたところで私は次第を告げた。当時、高校生だった弟は声を上げて涙を流した。

父がすでに再婚していたこと、そう遠くないところに住んでいたこともあり、そこからは弟と二人暮らしとなった。私は料理が上手いと自負しているが、この時期があったからだろうと思う。弟もまた料理が上手い。

そこからはより一層、兄弟で力を合わせるようになったし、ダンスはやがて仕事となり、そこでも数々の思い出が出来た。

母が家を出た年、ずっと目標としていた大会の決勝に念願かなって出た時、ステージの上で私は弟に向けて名を呼んだこともあった。

私が23歳の頃、仕事の関係でアメリカに弟と長期滞在したこともある。狭いアパートで二人。アメリカにはコンビニはあまりなく、スーパーも遠かったため、まとめ買いをして自炊をする。ある時、仕事に疲れて帰り、タコスを作ろうとした。市販のタコスの皮で、缶詰の豆のトマト煮込みを包むだけの簡単な食事である。

だが、あることに気が付いた。缶切りが無い。売っている場所は数キロ先にしかなく、夜に歩くには危険な地域だった。「割ろう」と、弟が言い出す。アパートの近くで拳大の石を拾って来て二人で缶詰を殴打する。私が缶を支える係だったので、二度ほど手を殴られる。ようやく小さな穴が空いて歓喜したものの、汁は出ても、豆やトマトは出ない。疲労困憊《こんぱい》になっていたことで諦め、汁を垂らしただけのタコスを食べた。たったこれだけの話でも仲が良いほうだと思って貰えるのではないか。

そして今、弟とはどうか。もう二年ほど会ってもいないし、まともに会話をしたのは何年前のことだろうか。

私が作家になるといって家業を辞めたことで、弟が後を継ぐことになった。父との関係もまた別稿で書いた通り。弟としてもなかなか難しいのだろう。真田家が父昌幸、弟信繁（幸村）と、兄信之に分かれたのに似ているかもしれない。故に私が書いた真田もの『幸村を討て』では、自身の弟に向けての感情も影響を与えているかもしれない。

何でもかんでも「大人になったから」で済ます訳にはいかないが、やはり歳を重ねるごとに不自由なことも多くなるものだ。兄弟だけの問題ではなくなることも増える。だがいつか、あの日のように戻れたらと兄はいつも思っている。『幸村を討て』には、感情だけでなく、その願いも籠めたのかもしれない。

十八年前の約束

十八年前、二十歳《はたち》の頃。私はどうしようもない男だった。父母がたびたび言い争い、間に入って止めようとするも上手くいかない。父とは反りが合わなくなり始めた頃ということもあり、大喧嘩になることもしばしば。何もかも嫌になっており、家に一年ほど帰らなかった。たまに家に顔を出すと、弟が「また喧嘩してたで」と報告してくる。私は「放っておいたらええ」と答える。今思えば、この一年間は弟に本当に申し訳ないことをしたと思う。

家に帰らなかったが、ではその間、何処にいたのか。一人の女性のもとに転がり込んでいた。付き合っていたのか、付き合っていなかったのか、少なくともそのような言葉は無かったと思う。これだけでも、くず確定である。

彼女は看護師であった。まともにお金も持っていない私に、彼女はいつも食事を作ってくれる。彼女が仕事に出ている間、私は大学をさぼって本を読んだり、ゲームをしたり。

たまに家に戻って、父と喧嘩して帰った時などは、呑《の》めぬ酒を呷《あお》って玄関で寝る。そして「俺はこんなもんじゃない」と、くだを巻く。いや、これはまずい。思い出せば本当に最悪な男じゃないか。

ただ彼女はそんな私に怒ることはなく、「解っているから」と優しく声を掛けてくれていた。彼女にはいつか小説家になりたいという夢も話していた。すでに看護師という自身の夢を生きている彼女が眩《まぶ》しく、今の自分が情けなく、精一杯の虚勢を張っていたのだと思う。よくドラマとかで視《み》る駄目なバンドマンが「将来、俺は売れて……」と、言っているあれに近い。

そんな日々が一年くらい続いた時のことだ。彼女との別れは突然やってきた。いつも通り彼女の部屋に帰ると、折り畳みの机のほかは、全ての家財が無くなっていた。そして机の上に一通の手紙があった。その内容はこうだ。

実は実家の父の調子が悪く、数ヵ月前から実家に戻ることが決まっていた。だが、なかなか切り出せず、このような形になったことを謝りたい。この部屋はあと一月《ひとつき》借りてある。少しだけどお金も置いておく。だからゆっくりここで考えて家に戻って下さい。貴方は今のような人ではない。きっと小説家の夢も叶う日が来ると信じている。本を読めるのを楽しみにしています。

私は急に広くなった部屋で無様なほど号泣し、何度も、何度も彼女に詫《わ》びた。そして彼女が言ってくれたように、私は期限より早く大家さんに鍵を返して家に戻ったのだ。それからもすぐに夢に向かうことはなかったが、幾分ましな男になれたのも確か。彼女には感謝しかなかった。以後、彼女とは一切連絡を取っていない。

この話には暫《しば》し続きがある。ご存じの方も多いと思うが、今年、直木賞を受賞した時、私は人力車で記者会見場に向かった。その間、お祝いのメッセージが沢山来て、スマホは鳴りやむことはなかった。その中、ふと知らぬ番号からのショートメールが来たのが目に入った。私は高校生から携帯電話の番号を変えていないため、旧友の誰かだろうとメールを開いた。

スマホを握る手が小刻みに震え、また涙が零れ、夜天に向けて細く息を吐いた。以下、そのままを記す。

おめでとうございます！　驚いたけど、驚いていない。いつか来ると信じていた日が本当に来たんだなと、そんな気持ちです。ここから新たなスタートですね。尊敬を込めてますますの活躍を期待しています。

とある教え子の話

人の縁とは奇妙なものだとつくづく思う。何でもない日の昼下がりの今、私はパソコンの画面から視線を外し茫《ぼう》と考えている。

私は30歳まではダンスインストラクターだったという、歴史作家では些か変わった経歴を持っている。別にダンスが好きというわけではなく、家業がダンス教室の運営をしていたからである。プレーヤーとして舞台にも立ったが、特段上手いというわけではない。むしろ才能は無かった。だがどうも指導は上手かったようだ。事実、三つ年下で私より遥かにダンスの才があった弟より、大会での教え子の成績は勝っていた。凡庸な選手が、名指導者とまではいかずとも、そちらで才を発揮するパターンに似ているだろう。

そんなプレーヤーとしては凡庸な私にも僅《わず》かながらファンがいた。チームのTシャツやタオル等のグッズを販売していたが、その中に各ダンサーの絵はがきという今思

「中日新聞」――心のしおり　2020年5月29日

えばニッチなグッズが売られていた頃があり、私のものもあった。売れたかどうかは記憶に無い。その後、作られなかったことからいまひとつだったのではないか。

それから暫くして、私が受け持つ滋賀県近江八幡の教室に一人の少女が入ってきた。小学4年生にして身長120センチに満たない小柄な子で、後に聞いたのだが身長を伸ばすために成長ホルモン剤を打っていたという。だが彼女はダンスが上手かった。いや、それ以上に努力家であった。体が小さいことを負い目に思っていたのか、人一倍練習し、誰よりも大きく踊ろうとしていたのをよく覚えている。やがて彼女は全教室の中でも指折りのダンサーに上達した。さらに機転がよく利くし、何より優しい子であった。振り付けをなかなか覚えられない新人がいれば、根気よく練習に付き合ってくれていたものである。そんなこともあり、五年もすればその教室でもリーダー的な存在となっていた。

性格が似ているところがあるのか、私ともよく気が合った。当時、家業を継ぐつもりだった私は、受けてくれるかどうかは別にして、「俺が後を継いだら、真っ先に声を掛けるやろうな」などと言っていた。それまでダンスへの熱があるかどうかも判らない。叶うことはないだろうと思いながらである。

そんな私は2015年に彼女より先に辞めた。子どもの頃から抱いていた小説家の夢に向かうためである。その時に彼女が何と言ったかあまり覚えていないのは、申し訳なさから少し距離を取っていたのかもしれない。結果、私は二年後に運よくデビューを果たして今に至る。インストラクターを辞めてから五年の歳月が経ったことになる。

そして彼女は今、私の前でパソコンを開いている。昨年から仕事が多忙を極め、スタッフを雇ったほうがいいと作家の先輩にも薦められていた。今年、スタッフを雇うと決めた私の頭に過ぎったのが彼女だった。ちょうど、仕事を辞めたという偶然も重なり、彼女は二つ返事で受けてくれた。

もう一つ、縁があったことに気付いたのは最近のことである。「こんなんあんねん。見て」と持って来たのは古ぼけた一枚の絵はがき。そこには若い私の似顔絵が描かれている。彼女は幼稚園児の頃に家族でステージを見に来て、私の絵はがきをねだったのだと初めて知った。

約束していた場所と異なり、作家というステージであるが彼女と共に戦えることを嬉しく思う。しかし人の縁とは奇妙だ。そのようなことを考えながら彼女を盗み見ると、「締め切りやばいから早く」と昔と変わらぬ調子の声が飛んできたので、苦笑しつつ筆を擱《お》くとする。

自著を語る

「広報しんじょう」２０１８年１月11日号

「羽州ぼろ鳶組」シリーズ

夕刻、ふと空を見上げると鼓星《つづみぼし》が中天近くに輝いていた。もう冬本番なのだ。新《しん》庄《じょう》は今日も雪だろうかと思いをはせる。昨年までは無かった考えである。

２０１７年、私は新庄という町に、そこに生きる人に出逢《であ》った。厳密に言えば今までに二度、新庄の町を訪ねたことがある。新庄まつりのポスターを見て感心こそしたものの、それは旅人の感想に過ぎず、私自身もいわば通りすがりの人であったに違いない。

江戸時代の火消とは複雑怪奇な規則がある。そして火消とは庶民の人気の的で、火消とは泰平の世で最も危険な仕事であった。

この火消を描こう。奇妙な規則を打ち破るような痛快な男たち。それは誰よりも命の重さを知っている者でなくてはならない。そして人は何度でもやり直せるということを見せる、私にしか書けない小説を……。

そのようなことを考えてまどろみ、朝日に目を覚ました瞬間、「ぼろ」という言葉がよぎり、図書館へと駆け出した。なるほど、「方角火消」だけが江戸中を管轄にするのだ。それはどこの家かと視線を滑らした瞬間、そこに出羽《でわ》新庄藩の名があり、すべての物語が繫《つな》がった。

11月、国元座談会とサイン会のため私は新庄へ入った。胸中にあった感情は恐怖である。新庄と縁もゆかりもない余所者《よそもの》が、勝手に新庄を「ぼろ」などと呼んでいるのだ。気を悪くされた方もいるのではないか。私の作品、いや松永源吾《まつながげんご》らは国元新庄に受け入れられているのか。

その心配は杞憂《きゆう》に終わった。多くの方々が拙著を読み込んでくださり、登場人物の誰々が好きだと伝えてくださった。私の拙《つたな》い話に一々首を縦に振り、まだ対面したこともない新人作家を最大級の歓待で迎えてくださった。そのとき、私は確信した。

「私の描いた新庄に誤りはなかった」

と。こうして私は新庄と本当の意味で出逢ったのである。

この原稿をお願いされたとき、今後の展望にも触れてほしいとあった。私の中ではおおよそ二十ほどの物語はすでにできており、結末まで見通せてはいる。だが権威に楯突《たてつ》いてでも、熱く突き進むぼろ鳶組のことだ。作者の意向すら無視して、思いがけない行動を取るかもしれない。そしてこの物語を結末に導くためには、読者の存在は必要不可欠な時代でもある。どうかこの無名作家に伴走していただければありがたい。

新庄に行って物語にも変化が出た。先々については言及しないものだが、この紙面だから、新庄の方々だから、一つだけお伝えしておく。

——いつか新庄まつりに「ぼろ鳶組」は来る。

と、いうことである。そしてこれが私のシリーズ構想の肝になる。それは随分先のことかもしれないが、そのときを心待ちにしていて欲しい。

圧巻の山車《だし》を見て、新たな夢も得た。新庄の誇りである『新庄まつり』で源吾や新之助、深雪たちぼろ鳶組の面々が山車になることである。それに見合うシリーズにするため、私は熱を込めて書き続けようと決めた。

最後になりましたが、私のような新人作家を応援してくださる新庄の皆様へ、心より感謝を申し上げます。私に与えられた枚数が尽きようとする今、ちょうど霙《みぞれ》がちらつき始めました。新庄は雪だろうか。やはり思いをはせつつ、窓の外を見つめる。

「週刊読書人」2017年7月28日

『夜哭鳥　羽州ぼろ鳶組』――私にしか書けない「ぼろ」の物語

「私にしか書けないものがないものか……」

茫《ぼう》と考えながらまどろみ、やがて知らぬ間に眠りについた。そして朝はっと目が覚めた時、私の頭に浮かんできた言葉が「ぼろ」であった。それと以前から書いてみたいと思っていた江戸の複雑怪奇な火消組織のことを合わせ、「羽州ぼろ鳶組」シリーズが生まれた。

なぜ私にしか書けないものが「ぼろ」なのか。私は十年以上、世間から不良と呼ばれたり、何年もの間引き籠もったり、いわゆるドロップアウトした子どもたちにダンスを教え、それを通じて再び生き直しに導く団体でインストラクターを務めてきた。白に近い金髪、ボディピアス、彼らの見た目はお世辞にもガラが良いとは言えない。そんな子どもたちが老人ホーム、児童養護施設、限界集落などで踊るのだ。ある時は経済破綻した夕張《ゆうばり》市を元気付けるために、自らバイトをしてボランティアで踊りに行き、またある時は東日本大震災で被災した南三陸《みなみさんりく》町の子どもたちにダンスを教えにいく。これだけ聞けば「良いこと」だと、皆が応援してくれそうである。しかし一度「ぼろ」のレッテルを貼られた彼らに世間の目は厳しい。

「不良が少しいいことしたからって評価されるだけ」

「良い子ぶりやがって」

などの、心無い言葉が浴びせられる。人は無垢《むく》に生まれて、多くの偏見を身につけ、老境に差し掛かりそれを削《そ》ぎ落としていくものらしく、懸命に生きる彼らを最初に応援してくれたのは、手を握って涙するお爺《じい》さん、お婆《ばあ》さん。そして目一杯の声援を送ってくれる子どもたちであった。そこから、少しずつ偏見を溶かしてくれる方々も現れてきた。

自分を変えたいともがき、誰かのためにと瓦礫《がれき》の残る町で踊る若者を見て来た。偽善者と言われながら、それでも何もしない善人より、何かをする偽善者であろうとする若者たちをずっと見て来た。生き直そうとする者の輝く目を見て欲しかった。そして社会に彼らを受け入れて欲しいと願っていた。

私はその渦中にずっといた。これはきっと私にしか書けないことではないか。私はちょうど若者と壮年の真中に立っている。胸の内に飼っている数々の偏見が目を覚ます前に、私はこの物語を書きたかった。

是非、本書を手に取って頂きたい。面白くなかったならば才能が無いと叩《たた》いて下さって結構である。そうなれば私は諦めずに泥臭くより良いものを模索する。勿論《もちろん》楽しんで貰《もら》えたらこの上なく嬉《うれ》しい。少々図に乗って鼻の下を伸ばしてさらに張り切るだろう。

詰まる所、私は人の評価がいかなるものであっても書き続ける。いかなる声も正面から受け止め、ただ黙然と書き続ける。一人でも多くの人に「面白い」と思って頂くために。

そうすることが、決して諦めずに共に生きた若者、そして世間の偏見の目に苦しむ方々に見せられる私の姿だと確信している。

「本の窓」2019年3・4月合併号

『てらこや青義堂　師匠、走る』――きれいごとだと解っているが

本作の主人公、坂入十蔵《さかいりじゅうぞう》は寺子屋の師匠である。彼が開く「青義堂《せいぎどう》」は、いかなる子でも受け入れるというのが方針。故に他の寺子屋を何らかの訳で追い出されたような、いわゆる「落ちこぼれ」も多く集まっている。十蔵は一癖も二癖もある子どもたちを相手に、奔走する日々を過ごしている。

そんな十蔵には、子どもたちに隠している過去がある。泰平の世、すっかり消えたと思われている忍者、元公儀隠密《こうぎおんみつ》なのだ。では十蔵は何故《なぜ》公儀隠密を辞め、寺子屋という全く共通点のない道に進んだのか。それは本編を読んでのお楽しみとして頂きたい。

私にとってこの題材は必然といえるものだった。私は作家になる以前、世間から不良と呼ばれたり、何年も引き籠もったり、いわゆるドロップアウトした子どもたちにダンスを教え、それを通じて再び生き直しに導くという団体で、十数年間インストラクターを務めていた。教えた数は延べ1000人以上、その経験を基にこの作品を書

いた。成功譚《たん》を思い浮かべる方も多いかもしれないが、実際はそうではない。何度話しても思いが通じず諦めかけたこともあるし、反発を恐れて声を掛けるのさえ躊躇《ためら》った時もある。喜びの涙を流した数以上に、自分が不甲斐《ふがい》なく悔し涙を流した。教える側も日々迷い、葛藤している。美談だけでなく、その辺りの情けない感情も恥ずかしがることなく記していきたいと思った。

本作のもう一つのテーマは「やり直す」ということ。「生き直す」と表してもよい。十蔵は公儀隠密の半生、生まれた家を捨て、寺子屋の師匠として生きる。江戸時代としてはすでにいい大人と言われる。二十代半ばのことである。ふむ、よく似ている。そう私も30歳の時、どうしても夢を諦められずに、小説家を目指すと宣言して仕事を辞めたのだ。周囲の人々の中には「いやいや、いい歳《とし》をした大人が」「どうせすぐに投げ出すだろう」と、腹の内で思っていた人もいただろう。その冷ややかな感情というのは、私にもしっかりと届いていた。客観的に見れば至極真っ当な意見だと思うし、私自身もそんなに甘くないと考えていた。だが私が恵まれていたのは、たった一人、身近に私を信じてくれた人がいたことだった。「あなたは小説家になる。私には解《わか》る」その人は、そう断言した。読書家でもないし、何より私はまだ一作も生み出していなかった。根拠は何かと尋ねても直感だと言い放つ。そんな無責任なことがあるかと、思わず笑ってしまったものである。けれども不思議と勇気が湧いてきて、私はようやくそこで作家を志す決意を固めた。

今思えば私は進む道を決めていた。それを誰かに信じて欲しかったし、背中を押して貰いたかったのだ。その人は私の臆病心を見抜いていたのだろう。そして本作の十蔵もたった一人、生き直せると信じてくれる者の力で、踏み出すことを決めることになる。

よく読者の方に小説の主人公は私を投影しているかと聞かれる。答えは肯であり否である。私が生み出すのだから似ている部分はあろうが、全てがそうではないとも言い切れる。だがここまで書いてきたように、今回の主人公の十蔵は、自身でも最も私に似ている気がする。今までの作品の中で、最も自身を剝《む》き出しにして書いたかもしれない。

こうして書いてくると何やら難しい話のように思えるが、ご安心頂きたい。私の作品をご存じの方ならばご理解頂けるだろうが、本作も〝ザ・エンタメ〟である。楽しんで頂けるのが一番、その上で何か一つでも皆さんの心に残ればこれに勝る幸せはない。

最後に、この作品をあの頃の私のように、あと一歩の勇気が出せないでいる全ての人に捧《ささ》げたい。たとえきれいごとと罵られても、人は何度でもやり直せると私は信じている。

『花唄の頃へ　くらまし屋稼業』

「ランティエ」２０２０年3月号

私が作家になりたいと思ったのは何時頃《いつ》だったか。中学2年生くらいの時にはすでにぼんやりと考えており、少なくとも高校の卒業アルバムにある将来の夢の欄には小説家と書いていた。

だが十代、二十代は一度も書こうとはしなかった。私は文芸誌を読むような高校生だった。そこには憧れの歴史小説家たちのエッセイ、対談などが掲載されているのだが、どの先生も口を揃《そろ》えて、

――小説の勉強をするよりも、人生経験を積むべき。

と、仰《おっしゃ》っていたからである。小説の勉強が無駄という訳ではない。ただそれよりも大切なことがあるといったような内容であった。そして私はまだその時ではないと本気で思っていた。

転機が来たのは30歳の時。きっかけは色々ある。このような時は神様がそう導いてくれているのではないかというほど、様々なことが身の回りに起こるものである。い

やもしかしたら、すでに作家を目指す気持ちになっており、どんなものでも「きっかけ」に見えたのかもしれない。

その中でも大きなきっかけは三つ。一つは教え子からの一言。これはよくエッセイに書いたり、インタビューで答えたり、講演で話したりもする。そこで残り二つのうちの一つを今日は書こうと思う。

ご存じの方もいらっしゃると思うが、私の前身はダンスインストラクターである。父がイベントやダンススクールを運営する会社を経営していた。内勤で企画運営なども行ったが、現場に出て複数の教室でのレッスンも担当していた。教える相手は主に小中高生。そんなに多くはないものの3、4歳の未就学児や、三十、四十代の自分より年上の生徒もいた。月曜から土曜まで日中は事務所で内勤を行い、夕方から各地の教室に出向いて教える。日曜日はイベントなどに出る。従業員なら完全にブラックであるが、長男で跡取りということもあり修業という側面もあるから仕方ない。全部が全部という訳ではないが中小企業ではよくあることである。

私は朝の8時や9時から、深夜の2、3時まで平気で執筆するので驚かれることがあるが、この修業時代に比べればマシと思ってしまう。昨今はその言葉自体が使われなくなりつつあるが、「根性」が付いたのは明らかにこの時代があったからだと思う。

家族経営の方は判《わか》るかもしれないが、やはり大変なことも多い。仕事と家族の境目がいつしか失われるし、親子といえども歳を取るごとに考え方の違いも顕著になってくる。私と父の場合は、一度喧嘩《けんか》になろうものならば肉親だけに互いに甘えもあったのか、派手に言い争うことも多々あった。そんな時にふと、

——俺は何故、この仕事をしているのだろう。

と、思うことが増えてきた。

私は子どもの頃から父を好きだったし尊敬もしていた。家族であることに誇りも持っていた。だから父を助けたいと思って共に仕事をしていたのだと思う。だが一緒に働けば働くほど父を嫌いに、「家族」でなくなっていくように思えたのだ。そのようなことを考えた時、いつも見つめていた父の背の向こうに、初めて広大な景色が見えたような気がした。

2014年の秋が過ぎ、冬の香りがし始めた頃、私は父に自らの人生を歩みたいことを告げた。父は当初は反対するつもりだったらしい。ただあることを言った時だけは、止めるのは無理だと思っていたという。

「小説家を目指す」

私の一言はまさしくそれであった。子どもの頃から本の虫であったこと、いつか小説家になりたいとぶれずに言い続けたことを父も知っている。それにもう一つ。

高校2年生の頃、学園祭で劇をやることになった。演目は「新選組」で、何とも渋

いチョイスをしたものだと思う。その脚本を私が担当することになった。当時はパソコンも使えずに手書きでひたすら書く。時間も無かったので何日も夜遅くまで机に向かっていた。しかもテスト期間中である。普段ならば「勉強もせえよ」などという父であったが、その時だけは何も言わなかった。深夜にふらりとコンビニに出かけて戻ってくると、

——腹減ってるやろ。食べるか。

と、カップのにゅう麺に湯を注いでくれた。私はそのことを鮮明に覚えていたが、父もまた同じだったらしい。その時の私は生まれてから最も真剣で、目を輝かせているように見えたという。

「それを言うたら、しゃあないと思ってた」

父はそう言って苦笑しつつ酒を呷《あお》った。

こうして私は父の下を離れ、小説家を目指すことになった。そこから昼間に仕事をし、夕方から深夜3時まで書くような日々を過ごし、約二年後にデビューすることになった。

今回、「くらまし屋稼業」シリーズの第6弾にあたる『花唄の頃へ』が刊行される。この作品では、

——人は何歳から大人か。

と、というのが一つのテーマになっていく。再来年《さ》の3月までは成人は20歳と定まっているが、選挙権は18歳以上に下げられ、結婚も男性は18歳、女性は16歳以上と少々歪《いびつ》になっている。それぞれに法律が作られた時代が異なるとしても、今まで統合されていなかったのは、大人と子どもの境を明確に示せないところに理由があるように思う。私は人間という生き物に敢《あ》えてその境を求めるならば、身体《からだ》ではなく、心の成長ではないかと思う。そしてそれには周囲と人、あるいは家族との関わりが大きく寄与していると思うのだ。本作ではその辺りが事件を生んでいくことになるので、是非とも楽しみにして頂きたい。

だとするならば私が真の意味で大人と言えるようになったのは、父の下を離れた30歳の頃か。法律に照らし合わせれば些《いささ》か歳を食っているが、存外、人における境はそれくらいなのかもしれない。そして少なくとも、この父の下に生まれなければ、小説家の私はいなかっただろう。

毎日父といたのが、今では盆暮れに会う程度。十年近く仕事の話しかしてこなかったことが尾を引いているのか、まだ会話はどこかぎこちない。父も、私も、多忙な日々を過ごしているが、温泉でも一緒に行けたらいいなと、こうして筆を執りながらふと考えている。

本を読む

『風の武士』

歴史時代作家を志し、この分野の巨人を意識しない人は皆無ではないか。『竜馬《りょうま》がゆく』『燃えよ剣』等の作品がよく取り上げられる司馬遼太郎だが、私は『梟《ふくろう》の城』に代表されるデビュー当初の伝奇作品が好みである。中でも好きなのがこの『風の武士』(上・下、講談社文庫)。主人公、柘植信吾《つげしんご》が幕府の密命を受け、安羅井《やすらい》国の在処《ありか》を探るという歴史冒険小説になっている。

この小説の時代背景は幕末で、作中には新選組もしっかり登場するのに、柘植信吾を取り巻く状況はまるで御伽噺《おとぎばなし》のように幻想的ですらある。主人公は架空の人物なのに、氏が敢《あ》えて幕末を選んだ訳を考えた。この後に訪れる明治は現実主義な時代である。御伽噺や伝承も「所詮、作り話さ」と、鼻で嗤《わら》うような冷たさを感じる。そこに移り変わる時代を舞台にし、明瞭に残る資料の狭間《はざま》を縫うように創作することで、読者をより深い幻惑へと誘《いざな》っていくのである。

当時、中学1年生であった私は夢と現《うつつ》が交錯する物語に魅了され、最後の一文を読

「日本経済新聞」――読書日記　2018年10月18日

み終えた時に大きな溜息《ためいき》を漏らしたのを覚えている。このような資料と伝承を紡ぐ物語を書きたいと願い、私は最近平安時代を舞台に一作書き記した『童の神』を発表した。氏は私が11歳の時に他界された。それから二十年余、今も幻惑から逃れられず、遂《つい》には書き出した者がいると聞けば、氏は喜んで下さるだろうか。淡い青に移ろう秋空を見上げ、ふとそのようなことを考えた。

『百年の孤独』

「日本経済新聞」——読書日記　2018年10月25日

とある村の勃興と盛衰を、ブエンディア家一族を中心に描く百年に亘《わた》る物語。ノーベル文学賞を得たガルシア＝マルケスの名著だが、正直、登場人物を頭で整理するので精一杯になる。夢か現実かも曖昧となり「もう訳が解《わか》らん！」と何度も断念しかけた。だが後ろ髪を引かれ、不思議と本を手に取る。紙面では到底伝えられない凄《すご》みと面白さがあるのは確かなのだ。同時に読み終えた時、ふとある疑問が脳裏を過《よ》ぎったのを覚えている。

——果たして十代の私が最後まで読み得たか。そもそも手に取ったか。

と、いうことである。成せる人もいるだろうが、きっと私は投げ出してしまったに違いない。

今年、サイン会に女子中学生が来てくれた。拙著の熱心なファンで友人に勧めてくれているらしいが、残念ながら語れる仲間はなかなか増えないという。その時に思い出したのがこの『百年の孤独』（鼓直訳、新潮社）。私如《ごと》きが同列に語るのは憚《はばか》られるが、確かに中学生にとって時代小説という分野はハードルが高いのも確かである。

「分かった。やってみる」

私は女の子にそう答えた。本書の凄みに近づくには、それこそ百年の時を要するかもしれない。しかし入口を切り開くことは出来るのではないか。そう考えて誰もが親しみ易《やす》いような、女子高生が主人公の青春小説『ひゃっか！　全国高校生花いけバトル』を書いた。読書は確実に今の私を作った。たとえ私は通り過ぎる人になろうとも、切っ掛けになりたいと思ったのだ。そしていつか私にとっての本書のような、名作に出逢《であ》えればと切に願うのである。

『敦煌《とんこう》』

「日本経済新聞」——読書日記　2018年11月1日

1900年、中国甘粛省《かんしゅくしょう》北西部敦煌市にある莫高窟《ばっこうくつ》の一部が崩れ落ち、大量の経典や文献が発見されると、その噂《うわさ》は世界を駆け巡った。清《しん》国が当初興味を示さなかったことで、英国を皮切りとして仏国、露国、米国、そして日本の探検家が挙《こぞ》ってそれを求め、各国へ持ち帰って研究を始める。その総数は実に三万点とも四万点とも言われている。

ここで一つの疑問が持ち上がる。これほど膨大なものを、何時《いつ》、誰が、何のために隠したのか。ご紹介する『敦煌』（新潮文庫）は、そんな経典を巡る、あり得たかもしれない一つの物語を井上靖が描いたものである。

この小説の特筆すべきところは「香り」であると思っている。それは臭《にお》いという意味ではなく、平易ではあるが雰囲気と言葉を置き換えれば最も近いかもしれない。陽炎《かげろう》が立つ広大な砂漠をゆく駱駝《らくだ》の行列、砂粒を舞い上げる熱風、その中に茫洋《ぼうよう》と佇《たたず》む敦煌という街。淡々と綴《つづ》られる武骨な文章を読んでいると、それらの風景と時代が鮮明に香り立ってくるのだ。

また本作の主人公の趙行徳《ちょうぎょうとく》も魅力的である。その一生を一言で顕《あらわ》すならば、流転という言葉がふさわしい。大きな流れに翻弄されて所を変えていく。その中で悩み苦しみ、時に抗《あらが》い、時に受け入れる。五十年以上前に書かれた作品だが、時の移ろいが加速している今の時代の人にこそ、寧《むし》ろ共感を呼ぶのではないか。

敦煌という街は交易の重要な地点で、多くの人が行き交った。本作はその時代の人々と現代人を交わらせる。表題にはそのような願いも込められているのではないかと、思えてしまうのである。

『真田太平記』

「日本経済新聞」――読書日記　2018年11月8日

全4回の読書日記も今回が最後となり、これしかないだろうと決めていた。池波正太郎著『真田太平記』（全12巻、新潮文庫）である。本作は信州の小大名である真田家を軸に本能寺の変から、江戸幕府成立後までを描く歴史大長編だ。その魅力を語り出せばきりがない。真田親子は勿論《もちろん》、真田家に仕える忍び「草の者」たちなど、全ての登場人物が大いに躍動して胸が熱くなる。

小学5年生の私が初めて読んだ小説である。朝日新聞社版の全16巻に亘る長編であるため、未《いま》だに「よく最初に手をつけたな」と思うことがある。夏休みに入って間もなく、奈良市の小さな古本屋にて全巻セットで売りに出ていた。未だにその光景まで目に焼き付いている。

それまで本とは無縁だった私だが、その時は何故か「読みたい」と思い、母に頼んで買って貰《もら》った。この奇跡のような出逢いが無ければ、本を好きにならなかっただろうし、ましてや自分で書こうなどと思うこともなかった。まさしく私の原点の作品といえる。

本が売れなくなったと言われて久しい。ゲームやインターネット動画など世には娯楽が溢《あふ》れている。本は娯楽の王の座から、とっくに陥落しているのだろうと思う。

だが考えてみて頂きたい。そのような劣勢の中、敢えて小説家となろうとするのは、余程《よほど》酔狂な者か、自分と本との出逢いを忘れられずにいる者たちであることを。私である必要などない。新たに若い世代の本も手に取ってみて欲しい。まだ粗削りでも、誰かの一冊になりたいという闘志が満ち溢れているはずである。

『破軍の星』

「河北新報」――読書日和　2019年6月23日

私が本と出逢ったのは小学5年生の時。初めて読んだのは池波正太郎先生の『真田太平記』であった。一番初めに何という大長編を選ぶのだと思われたかもしれないが、今回においてそこは本題ではない。ともかく私は本を読む楽しさを知ったのである。

私は偏食家であった。もともと歴史が好きだったこともあり、手に取るのは歴史時代小説ばかり。敬称を省くが、前述した池波正太郎の他に、司馬遼太郎、藤沢周平、吉川英治、山本周五郎、海音寺潮五郎、山田風太郎、隆慶一郎などを貪るように読んだ。

そしてあることに気が付いたのが16の時。私が読んでいる作家の九割が、すでに鬼籍に入っていたのだ。この作家の著書をもっと読みたいと思っても、当然ながら新作が出ることはない。新たに開拓しようと、存命の作者の本を手に取ったが、たまたまその本と私の相性が悪かったらしく、

――あの感動を得られる作家がいない。

と、若い私は早々に絶望してしまったのである。だが諦め切れなかったのだろう。その後も書店に足を運んだ。その時なぜか惹《ひ》かれて手に取ったのが、北畠顕家の短い生涯を描いた北方謙三先生の『破軍の星』（集英社文庫）であった。熱い漢《おとこ》の生きざまに魅了され、興奮して手を止めず読み切ったのを覚えている。まだまだ私が知らないだけで、世には現役の凄《すさ》まじい作家はいる。そこから良書と巡り合い、読書を継続することができた。そういう意味で北方先生は、読書の楽しさをあらためて教えてくれた作家ということになる。

私は好きが高じて作家となった。先生は今なお第一線で活躍しておられる。イチローに憧れた野球少年が、プロ野球選手になったようなもの。端っことはいえ同じ土俵に立った今、憧れているだけでなく挑まねばならぬ存在になっている。一歩でも近づきたいと思う半面、己ごときなど歯牙にもかけず打ち負かしてほしいという不思議な感覚を持ちつつ、今日も私は筆を執っている。

『刀伊《とい》の入寇《にゅうこう》』

「日本経済新聞」——半歩遅れの読書術　2022年4月2日

刀伊の入寇。刀伊の来襲、あるいは刀伊事件とも謂《い》う。寛仁《かんにん》3年3月28日、現在のグレゴリオ暦に換算すると1019年だ。克明な記録が残っているものとしては、最も古い外国からの侵略戦争である。

日本の歴史の中で、外国より侵略を受けた初めは元寇《げんこう》だと思っている人も多いが、こちらのほうが二百五十年ほど前のことである。

厳密にいえば、刀伊の入寇からさらに遡ること百年以上前、9世紀の後半から日本は新羅《しらぎ》や、高句麗《こうくり》などの外国の海賊の襲撃を受けていることが記録に残っている。激しい略奪も行われたらしく、今の福岡県、熊本県、長崎県などで被害が大きかったという。故に「克明な記録が残っているものとして」と、先に書いた訳である。

攻め寄せた「刀伊」はおよそ3000人という。日本は相当な被害を受けた。対馬《つしま》では36人が殺され、連れ去られたのは346人。壱岐《いき》では148人が命を奪われ、239人の男女が連行されたのである。

そもそも「刀伊」とは何だったのか。高麗人が以東の夷狄《いてき》である「東夷《とうい》」と呼んでおり、それに日本人が文字をあてたものだと思われる。彼らの正体ははっきりしない部分が多いのだが、後に中国大陸に清王朝を建国した女真《じょしん》族ではないかといわれている。

彼らが何故、海を渡って日本に攻め込んで来たのか。これもまた明確な答えが判《わか》っている訳ではない。端的にいえば、どうも彼らもまた外敵の圧迫を受け、住む場所を奪われ、交易のルートを潰されていたらしいので、略奪によって生き延びようとしたのか。それにしては刀伊の数は3000を超えていたともあるので、新天地を求めていたのかもしれない。もしそうだとするならば、侵略が新たな侵略を生んだことになる。

本書、関幸彦《せきゆきひこ》著『刀伊の入寇』（中公新書）は、歴史に埋もれつつあるこの事件、侵略を、資料をもとに丁寧に解説してある。そもそも海に囲まれた日本は如何《いか》なる国か。初めての異国襲来の衝撃は。そしてその時、日本は如何なる対応を取ったのか。そしてこの侵略戦争の結末とその後は――。この一冊で理解するにはまず事足りるほど充実している。今、世界で侵略戦争が行われていることで、日本も国防を見直すべきだという声が高まっている。だからこそ、本邦への最古の侵略、刀伊の入寇を学んでおく必要もあるかもしれない。

『新選組血風録』

新選組を書くのは気合いがいる。多くの歴史作家が異口同音に口にするのを聞いたことがある。その理由は熱烈なファンが多いからだそうだ。確かに言われてみればそのような気がしないでもない。坂本龍馬《さかもとりょうま》を筆頭に、人気を博している幕末の偉人は数多くいるだろうが、集団となると新選組の人気は頭一つ、いや二つほど抜けているのではないだろうか。

何故、人気なのだろうと考えてみたが、自分なりの答えを出すのも案外難しい。様々な要因があるとは思うが、その中の一つとして日本人が好む「滅びの美学」が関係しているのは間違いないように思う。新選組が勝者の側で、戦後に近藤や土方が政府の要人になっていたとすれば、ここまでの人気にはならなかったのではないか。

また新選組に属していた者たちの「若さ」も、私は要因の一つに挙げられると思う。勿論、新選組には三十代、四十代の者もいたが、十代、二十代の今の時代から見たとしても「若者」と呼ばれる年代の者が圧倒的に多い。若さ特有の鮮烈な熱量に、同年代の者たちは自らを重ね合わせ、上の世代は一種の懐かしさを抱くのではないか。だから新選組のファンの年代はかなり幅広いのだろう。

さて、そのような新選組は多数の小説、漫画、アニメ、ドラマ、映画の題材にも取り上げられてきた。小説で最も有名なものを挙げるとすれば、司馬遼太郎著『燃えよ剣』（新潮文庫）ではないだろうか。その人気は今なお衰えず、令和になってからも映画化されたほどである。私も好きな小説の一つなのだが、今回は敢えて司馬遼太郎のもう一つの新選組小説、『新選組血風録』（角川文庫）を取り上げたい。

新選組のメジャーな隊士から、マイナーな隊士までを題材にしたオムニバス形式の小説である。こちらのほうが『燃えよ剣』よりも、血生臭《なまぐさ》さを孕《はら》んでおり、全体としては暗い印象も受けるが、新選組の実態により近いのはこちらであろう。暗いとはいったが、だからこそ、その時代を駆け抜けた若者の一瞬の光芒《こうぼう》が描かれていると思う。

個人的には15ある短編のなかでも「海仙寺党異聞」が好みだ。主人公は長坂小十郎という架空の人物だが、単なるフィクションではなく、動乱の時代、歴史の中に埋もれたこのような男が真《まこと》にいたのではないかと思えてしまうのだ。

『悪党の裔《すえ》』

漢《おとこ》の小説。それが初めて北方謙三の物語を読んだ私の率直な感想である。誤解しないで頂きたい。読み手の男女を分けている訳ではない。私の周りでも好んで氏の小説を読む女性はかなり多い。物語に出て来る男たちの生き様が、実に生き生きと描写されているという意味である。その生き様の形が一つではない。実に多様である。故に読み手ごとに好きな人物が変わるのも特徴であろう。それが特に顕著なのは氏の「水《すい》滸伝《こでん》」シリーズであろうが、それより以前に書かれた「南北朝もの」も捨てがたいものである。私が初めて氏の作品に触れたのが南北朝ものの一つで、北畠顕家を主人公に据えた『破軍の星』だったから、より思い入れが強いのかもしれない。

が、今日取り上げるのは、同じ南北朝ものでも別の作品。『悪党の裔』（中公文庫）である。本作の主人公は赤松則村《あかまつのりむら》と謂う。ご存じない方も多いかもしれないが、法名である「円心」を言えばピンと来る方もおられるのではないか。

赤松円心の若い頃の事績はよく判っていない。赤松の名が世に轟《とどろ》くのは、後醍醐《ごだいご》天皇が鎌倉幕府を打倒せんと兵を挙げた時のことである。赤松は当初は幕府側、六波羅《ろくはら》探題の軍の中にいた。つまり後醍醐天皇に対峙《たいじ》する側であったのだ。

だが、赤松は後醍醐天皇の皇子《おうじ》である護良《もりよし》親王の令旨《りょうじ》を受け、反幕府を掲げて挙兵する。ここから赤松は近隣の幕府方と戦って連戦連勝を重ね、さらに京を目指して東上を始める。

六波羅探題もこれを見逃すはずはなく、佐々木時信《ささきときのぶ》などの2万の軍を送るも、赤松はこれも撃破。遂には六波羅の攻略に乗り出す――。

と、本作でも赤松の快進撃を描いている。史実がある以上、歴史小説は最初から一定の「ネタバレ」がされているものである。それにしても少し書きすぎではないかと思われる読者もおられるだろう。しかし、心配は無用である。赤松が勝つか、負けるかよりも、本作には重要な部分が他にある。それは「いかに勝つか」「いつまでに勝つか」ということだ。

我々は歴史を知っているだけに、その結果だけを知ろうとする傾向にある。だが本作ではその過程にこそ重点を置いており、赤松の目指す夢、それに向かう中での葛藤が克明に描かれているのだ。

きっと老若男女にかかわらず胸が熱くなるだろう。

『駆ける　少年騎馬遊撃隊』

「日本経済新聞」——半歩遅れの読書術　2022年4月23日

先の3月で、私はデビュー五年を迎えた。デビュー当初は見渡せば先輩作家ばかり。対談企画などでも緊張ばかりしていたものである。だが歳月が流れると共に、当然のことだが、後輩作家も出来る。

そもそも歴史小説、時代小説でデビューする作家は、他ジャンルに比べて多くはない。一年で片手もいればよいほどで、その中で頭角を現すとなるとさらに少ない。そんな中で今回紹介するのは歴史ジャンルの「後輩作家」の小説だ。

稲田幸久著『駆ける　少年騎馬遊撃隊』（角川春樹事務所）は、昨年の第13回角川春樹小説賞の受賞作である。私は本賞の第10回を『童の神』で受賞しているため、いわゆる直系の後輩といってもよい。

舞台は戦国時代。主人公は小六《ころく》という少年。彼は馬を育む才に恵まれていたが、戦に巻き込まれて大切な人を失ってしまう。

そんな小六が、毛利《もうり》家の両川の一人、吉川元春《きっかわもとはる》に拾われた後、悲哀を胸に騎馬隊として活躍していく――。

プロの作家が受ける文学賞と異なり、登竜門たる新人賞作品にはどうしてもムラが出る。このような才能が眠っていたのかと舌を巻くことも無いではないが、まあこのようなものだろうという感想を抱くことのほうが多い。特に歴史小説のジャンルともなれば、私自身もどうしても厳しい目で見てしまう。

本作は前者だろう。まず文章がよい。文章は好みが分かれるため、私好みであるといったほうがよいかもしれない。短いセンテンスで心を揺さぶる。北方謙三先生を彷《ほう》彿《ふつ》とさせるなと思って読んでいたら、角川春樹小説賞の選考委員を務めておられるため、先生自身も「私に影響を受けているのではないかと感じた」と、選評で書いておられた。そりゃあ、好みのはずだと納得出来る。

加えて、馬を愛する少年を主人公に据えたこともよい。戦国小説はこれまで沢山出ているため、このように少しずらした、独自の視点を見つけられるというのは今後も武器となるだろう。

手放しで褒めていることの証明に、いや少し負け惜しみに、敢えて瑕《か》疵《し》を挙げるとすれば物語の構成がやや荒い点か。これは数をこなせば身に付くだろうし、その時にはさらに飛躍することが予想される。ともかく、今のうちに読んでおいて後悔ない作家の一人で間違いない。

『新版　平家物語』

「日本経済新聞」――半歩遅れの読書術　２０２２年4月30日

現在、大河ドラマで『鎌倉殿の13人』が放映されていることもあり、この時代への関心の高まりを感じている。とはいえ、源 義経《みなもとのよしつね》の知名度から見ると、もともと人気の乏しい時代とはいえないだろう。これまでも多くの小説、ドラマ、アニメなどで、源平合戦は取り上げられてきた。

その中でも傑出しているのが「平家物語」だと私は思う。私がもし帯を書かせてもらうならば、「原点にして最高」と銘打つのではないか。平家物語は源平が火花を散らした当時に書かれてはいないため一次資料ではない。しかし、時期には諸説あるものの、関係者がまだ存命の頃には成立していたとされるため、さほど遠い時代に書かれたものでもない。実際、史実と異なる点も見られるが、流れとしては概《おおむ》ね正確である。作中で描かれる「八艘《はっそう》飛び」など、明らかにフィクション性が高いものも散見出来るが、当時の人々が描いていた義経、平 教経《たいらののりつね》などのイメージを色濃く表しているのではないか。

突然だが皆さんも映画やドラマなどを見て、特定の職業、振る舞い、生き方に憧れを持った経験が一度はあるのではないだろうか。それは現代を生きる我々だけでなく、たとえば戦国武将もまた同じではないか。

平家物語で描かれる人物たちは、戦国武将たちの憧れの対象であったらしい。織田信長が「敦盛最期」の一節を好んでいたことからも、その様子が窺《うかが》える。些《いささ》か大袈裟《おおげさ》にいえば、平家物語とは、戦国武将《かな》にとってのヒーローたちが活躍する物語なのだ。

作中、武士の勇ましさ、哀《かな》しさ、儚《はかな》さなどがこれでもかという風に描かれている。我々の思い描いている武士像の原点がそこにあると思う。

是非読んで頂きたいと思うのだが、馴染《なじ》みのない古文調のためとっつきにくいのも確かであろう。そんな時には杉本圭三郎著『新版　平家物語』（講談社学術文庫）がよいだろう。原文はそのままに、一節ごとに現代訳もされている。さらに登場人物のほか、馴染みの無い物の解説も付記されている。この時代は「全員が源姓、平姓で解りにくい！」という声もよく聞くが、それも解説によって解消されているのだ。

最初は現代訳ばかりを読んでしまうかもしれないが、後には原文を読む時間が増えているのではないか。それほど平家物語を紡ぐ文章は大層美しく、何か心が惹かれるものがある。溜息が零《こぼ》れる美文に触れてみては如何《いかが》だろうか。

本と出逢う

「本の雑誌」——図書カード三万円使い放題！　２０２１年10月号

「本の雑誌」のこのコーナーは、デビュー当時から知っており、いつかお声が掛からぬものかと思っていた。故にこの度、打診があった時には「ついに来たか」と、呟《つぶや》いてしまったものである。旭屋書店池袋店は大きな書店である。デビュー当時から熱烈に応援して下さる書店員さんがいるこの店で、この企画をやりたいと真っ先に思い立った。

少々話は逸《そ》れるが、子どもの頃、私はお小遣い制ではなかった。欲しいものがある時に言うというスタイルである。なかなか了承は貰えぬものの、本だけは比較的すんなりと要求が通る。特に祖父母などは本を買うといえば、いつもより多くお小遣いをくれた。別に買ったものを確認される訳ではなく、少々ごまかして他に使うことも出来ただろうが、幸いにもまだその頃の私は素直で、全てをきちんと本代として費やした。

このような機会を頂き、久々にお小遣いを貰ったような気分が蘇《よみがえ》った。旭屋書店池袋店様は大きな書店であるが、本を品定めしている時、過ぎ去りしあの日、小さな町の、小さな本屋さんにいるような錯覚を受けたのである。

『日本の城辞典　日本全国一万三十八古城址総覧』（新星出版社）

おお、結構いい値がする。とはいえ、このような機会でなくても、きっと買っていただろうと思う。それなりに歴史に詳しいと自負する私だが、1万を超える城が掲載されているとなれば、流石《さすが》に知らぬものも多々ある。

この辞典、歴史小説を書くならば、かなり役立つだろう。別に書き手でなくとも、歴史好き、城好きならば手許《てもと》に置いておいて絶対に損はないと断言する。

今はなかなか旅もしにくい時勢だが、この辞典を見ていると、いつかこの目で見てみたいという思いが沸々と込み上げて来た。

『鬼と異形の民俗学　漂泊する異類異形の正体』（ウェッジ）

一時期、私は鬼に関する本を沢山読んだ。角川春樹小説賞を受賞した、そして初めて直木賞の候補にして頂いた『童の神』を書くためである。

日本史における鬼とは、ただの妖怪変化の類ではない。この国が成り立っていく中で、無理やり生み出されたものといっても過言ではないのである。

この本は最近発売されたとのことなので、当然ながら読んではいないので、すぐに手を伸ばしてしまった。

もう書いたのだから鬼に関する資料は別に集めなくてよいのではないか。いやいや、そうはいかない。『童の神』は三部作になる予定で、すでに他の二作もタイトルだけは『皇の国』と、『暁の風』と決まっている。新しい鬼絡みの本とあれば、まず買いである。

『歴史人物怪異談事典』（幻冬舎）

何かおもしろそう。これがまず表紙を見た感想であった。本書には歴史上の人物が体験した、あるいは纏《まつ》わる怪異がびっしりと書かれている。この手の怪談や逸話は、眉唾であると一蹴出来ない。その当時の世相を表していたり、あるいは政《まつりごと》への批判が籠められていたりするからである。歴史小説を書くにあたり、一次資料に当たるのは当然だが、このような話の中にあったりする。それらを史実と混ぜ合わせながら書くことで、歴史小説はより立体的になり、人々の息遣いまで感じられるものになるのだ。

『小売の未来　新しい時代を生き残る10の「リテールタイプと消費者の問いかけ」』（プレジデント社）

意外な一冊を選んだと思われる方も多いでしょう。しかしこのような経済や、マーケティングに関することも、歴史小説には生きて来る。まず大前提、歴史時代小説に限った訳ではなく、小説家というのは、何でも知っているに越したことはないと思っている。その様々な知識が組み合わさり、ふっと脳裏に「ネタ」が思い浮かぶのだ。天から降って来たなどと表現することがあるが、その実は経験、知識の組み合わせでしかないのではないかと思う。

さらに書籍も小売である。本を読む人が少なくなったと言われて久しいが、今後の未来はどうなのか。そのヒントが書かれているような気もして本書を選んだ。

『FACTFULNESS　10の思い込みを乗り越え、データを基に世界を正しく見る習慣』（日経ＢＰ）

データ。結構、好きな言葉である。様々なデータを眺めているだけで楽しい。そこから何かを推察するのはもっと楽しい。私は確かな数字が出ないものを、様々なことを推定する、いわゆるフェルミ推定もよくする。ふと「１秒間に世界でくしゃみをしている人は何人だろう？」などと、どうでも良いことを考えて、データと仮説を組み合わせて予想するのだ。

これも歴史小説に役立つ。様々な戦の両軍の数、死者数、怪我人《けが》の数などから、その戦が両軍一歩も退《ひ》かぬものであったとか、あるいは片方がすぐに崩れたのではないかということも解《わか》る。

例えばスペイン継承戦争の中で行われたマルプラケの戦いなど、負けたフランス軍より、勝った連合軍のほうが死者の数が倍も多かった。戦の経緯《いきさつ》を知るにあたり、このデータを入れているのと、いないのでは随分と見方が変わると思うのである。そのようなことから興味をそそられて選んでみた。

『星落ちて、なお』（文藝春秋）

澤田瞳子作品は面白いが、澤田瞳子という人も面白い。まだ出逢って二年ほどなのだが、確実に最も会った回数の多い作家である。対談イベントなどでもご一緒する機会が多く、コロナ前はプライベートでもよくして頂いた。現在も京都新聞で毎月対談を行っている。

一番初めに長くお話ししたのは二年前の夏だったはず。上田秀人先生が開いて下さった飲み会があり、私は下戸なので車で伺っていた。その終わり、帰る方面が一緒なので澤田先生をお送りすることになった。

私の愛車は二人乗りのオープンカー。そこに澤田先生と二人。なかなかシュールな絵かもしれない。万が一の事故があってはならぬと、かなりの安全運転でとろとろ走ったのを覚えている。でもそれ以上に、澤田先生との話が楽しく、この時が惜しいと思ったこともある。そこで澤田瞳子という作家の魂にほんの少し触れ、スタイルを知り、すっかり好きになったのである。

本作はすでに買っていたが、数日後に会う機会があったので改めて買った。そして「なあ、サイン書いてやー。直木賞作家になってんからさー！」と、本当にこんな調子で迫って、初めてサインを書いて貰いました。澤田先生、改めておめでとうございます。

『太平記』（全6冊セット・岩波文庫）

「太平記《たいへいき》」と聞いても、今の若い人はあまりピンとこないのでしょうね。戦国時代を好きな人は多い。幕末も根強い人気がある。源平合戦も何となくだが知っている。「三国志《さんごくし》」など日本の歴史でないのに人気がある。それに比べれば、やはり「太平記」の頃は影が薄い。

戦前はそうではなかった。忠孝を説くにおいて、「太平記」はよい材料だったからであろう。今の人気のなさは、その反動ではないかとさえ思えてしまうのだ。ある方向に振られ過ぎたものを戻そうとすると、えてしてこういうことが起こりやすい。昔は奸臣《かんしん》として語られていた石田三成など、今一度見直すのはよいが、漫画や、ゲームなどではやや行き過ぎたキラキラしたイケメン忠義男になるようなもの。一個の人間としての息遣いが、私はどちらからも感じられない。そう思った人、時代は私の小説の題材にされる傾向がある。故に来年、私は「太平記」のある人物を主人公に小説を書く予定である。

『鬼滅の刃』（1〜23巻・集英社）

私は漫画が好きである。かなり好きなほうだと思う。中学生の頃、弟と共に漫画の数を数える「棚卸」をしたところ軽く1000冊は超えていた。ちょっとは捨てろと母に叱られたが、何だかんだ言い訳して残していたのを思い出す。そこからまだ増えたが、社会人になって引っ越すと共に半数以上は遂に整理し、でも捨てがたい一部は田舎《いなか》にあって広い祖父母の家に送った。今は電子がほとんどだが、これはという漫画は読んでいたりする。

さて、そんな私だが『鬼滅の刃』は読んでいない。単純に多忙なこともあるが、世間で騒がれ過ぎて何となく機を逸していた。このまま読むことはないのだろうと茫と考えていた矢先、この企画で書店に伺い、すでに完結していることを知った。ならばと、一気に買ってみた。めちゃくちゃ好きな人がいるみたいで、きっと「記憶を消して初めから読みたい！」という人もいるだろう。そんな人からすれば、今の私は羨ましいはず。それと同時にそこまで想って貰える作品の素晴らしさ、私も少しでもそんな作品を手掛けたいと思いつつ表紙を眺めている。

受賞のことば

第10回角川春樹小説賞『童の神』

「ランティエ」2018年8月号

　この度、第10回という節目に、角川春樹小説賞を賜りましたこと深く御礼申し上げます。また選考委員の御三方、本賞に携わられた全ての方に感謝の意を表します。

　そもそもの始まりは「童《わらべ》」という一字でした。三年前まで子どもに教える仕事をしていたこともあり、何気なく字の成り立ちを調べたのです。元来は平たく言えば「奴隷」と謂《い》う意味で使われていたことに愕然《がくぜん》としました。それと同時に気になったのが、何故《なぜ》、いつ頃から、私たちが知っている「子ども」の意で使われ始めたのかということ。資料を当たると、どうやら平安から鎌倉に掛けて今の意味とほぼ同様に使われるようになったことが分かりました。

　そしてこの「童」の字を冠した彼の名が目に入った時、私の脳裏に全ての物語が一気に流れ込んできて、冗談のようですが、暫《しば》しの間、涎《よだれ》を垂らすほど茫然《ぼうぜん》としていたのを覚えています。

　選考会直前、彼の首塚に参りました。「お前はそこにいるか」という私の問いに、木々が騒《ざわ》めき、「俺は皆の中にいる」と答えてくれたような気がします。この作品を読んで頂いた方の中にも、彼が生きてくれれば本望です。

「小説現代」2020年5月号

第41回吉川英治文学新人賞『八本目の槍』——大海への切符

小説を読み始めたのは小学5年生の頃。そこから貪るように本を読み漁《あさ》りました。一冊を読み終えた後に何気なく著者紹介に目を通し、

——この先生も吉川英治文学新人賞を受賞されているのか。

と、思ったことをよく覚えています。憧れの先生たちが、さらなる大海に漕《こ》ぎ出し始めた時に手に入れた切符。若い私の目には本賞がそのように映っていました。

もしその頃の私に何か一言掛けてやるとすれば何でしょう。「お前も頂くことになるぞ」では楽しみを奪ってしまう。「万が一頂くことがあれば、お前でその名を汚すな」といったところでしょうか。光栄であることには間違いないのですが、まさかあの今村翔吾がと、現実味がないのが本音です。

今春に転居が決まっており、少しずつスタッフが荷を纏《まと》めてくれています。最も多い荷はやはり本です。最低限の資料を残して段ボールに詰めてもらっているのですが、一度だけ、

「ごめん。それはまだ暫《しばら》くは詰めないで」

と止めたのは、生まれた時から傍《そば》にあり、物心ついて読破した昭和54年発刊の吉川英治全集でした。間違いなく私という作家の血肉となった大切な本で、現在、書架にはこの全集だけが並んでいます。受賞の連絡を受けて帰宅後、深夜に全集の頁《ページ》をはらはらと開いていると、まだまだここからという声が聞こえてきたような気がして、慌てて机に向かいました。賞を与えて下さった全ての皆様、読者の皆様に、書き続けることで恩返しを誓います。

「小説野性時代」2020年12月号

第11回山田風太郎賞『じんかん』——風太郎と見る夜景

今年、山田風太郎傑作選 江戸篇『笊《ざる》ノ目万兵衛門外へ』の帯の執筆依頼が来た。受けるべきか否か迷った。作家にとってその名は大きすぎる。だが二十三年前、中学1年生の頃からの読者としては、「やってみたい」という素直な気持ちが沸々と湧くのを抑えきれず、結局謹んで受けることにした。その時の帯の言葉は、

——古びないのではない。今なお新しいのだ。

と、いうものである。私にとっての山田風太郎はこれに尽きると思う。

今は漫画などでもお馴染《なじ》みの「能力バトル」は、山田風太郎が起源だという方もいる。超人的な力を持ったキャラクターが活躍する作品はそれ以前にもあった。だが皆が超人的なのだが、能力の相性によって勝敗が決するようなものはなかったのではないか。それに読者は「くそ！　相手が悪かった！」などと一喜一憂する。これが素晴らしく面白いのである。

だがこうして考えてみると、これは現実社会にも大いに当て嵌《は》まることではないか。

ある場所ではうだつが上がらないとされていた者が、違う場所では見違えたような活躍をする。また完全無欠と思われた者が、新天地では今一つ成果が上がらない。特殊能力を個性と置き換えれば、このようなことは間々あるように思うのだ。

人は生きる場所、出逢《であ》う人によって、良くも悪くも変わるものである。才が開花するかどうかも、詰まるところそれにかかっているのではないだろうか。そう聞けば、人生そのものが運次第だと取る方もおられるだろう。それは半ば正解であり、半ば間違いだと私は思う。残念ながら全ての努力が報われる世の中ではないが、努力が出逢いを、地縁を引き寄せる。運を引き寄せることはあると感じるのだ。

私は小学5年生の頃から歴史、時代小説を読み漁ってきた。それは中学、高校となっても変わらず、常に2冊は本を鞄《かばん》に入れていないと不安だったほどである。中高は電車と徒歩での通学だったが、電車の中は勿論《もちろん》、歩きスマホが問題となっている今では怒られそうだが、歩き文庫をして六年間学校に通っていた。

今も決してがらの良い風貌とはいえないが、その頃の私は今以上に「やんちゃ」であった。金髪だけでは飽き足らず、青色、銀色にしていたこともあるし、すでにピアスも空いていた。今でも蓄えている顎鬚《あごひげ》は高校生から始めたものである。そんなお世辞にも真面目とはいえない若造が、電車の中で分厚い歴史小説や、作家全集、挙句の果てに文芸誌まで読んでいるのは異様な光景だったと思う。一方でそんな私に臆する

ことなく、

「兄ちゃん、それおもろいやろ」

と、声を掛けてくれる年配の、所謂《いわゆる》おっちゃんも結構いたのを覚えている。

その頃にはいつか小説家になりたいという夢を抱くようになった。高校の卒業文集の「将来の夢」の欄にもそのようにはっきりと書いている。だがそれは50、60、少なくとも40歳になってからのことだと思い極めていた。前述したように文芸誌も読んでいると、尊敬する歴史小説作家の対談なども掲載されており、多くの方が、

――人としての深みが出ないと歴史小説は書けない。

といったようなことを仰《おっしゃ》っていたのだ。具体的に50歳を過ぎてからのほうが良いと明言されている方もいた。青年今村翔吾はそれを信じたし、今でも人生経験が豊かなほうが良いというのは間違っていないと思っている。

だが30歳になった時ふと気づいてしまった。忙しい日々の中、いつか、いつか、いつかと繰り返している内に、ただ茫《ぼう》と小説家になりたいと考えているだけになっていることに。いつの間にか書かない言い訳にしていたのではないかということに。

その瞬間、公募サイトを見ると、4日後に原稿用紙100枚程度の短編の賞の締め切りがあった。これに間に合わないくらいでは一生なれない。そう思った私はパソコンに向かい、初めての小説を執筆した。

そこから多くの人の縁を頂くようになった。漫然と生きていただけでは出逢うはずのない人に出逢い、作家になることが出来、遂《つい》には本賞まで辿《たど》り着くことが叶《かな》った。ほんの小さな努力から私の人生の全てが変わったのは確かである。

今でもこの作家という場所が私にとって最も良い場所なのかは解《わか》らない。ただこの場所に導いてくれた多くの方々の想《おも》いに応えるべく、これからも一歩、一歩進んでゆければと思う。そして死の間際に、やはり間違っていなかったと思える人生を送りたい。

そして今日という日が、その人生に挟まる栞《しおり》となることは間違いないだろう。受賞の夜、ホテルの窓から雨に煙る景色を見つつ、そのようなことを考えながら筆を擱《お》く。

「小説現代」2021年5・6月号

第5回吉川英治文庫賞「羽州ぼろ鳶組」シリーズ——原点

忘れもしない。2016年3月26日。本シリーズはこの日から始まった。

さらに遡ること一年前、私は小説家を志して前職ダンスインストラクターを辞した。いざ目指すと言っても右も左も解らない有様で、デビューに直結する賞と、そうでない賞の差も知らない。直近〆切のものに闇雲に応募するだけ。そして受賞したのがデビューは無い「九州さが大衆文学賞」。前述の日はその贈呈式があった。

式典の後、選考委員の北方謙三先生とお話しする機会があった。先生は「多分、この人は長編が書ける。騙《だま》されたと思って書かせてみればいい」と、その場で出版社に勧めて下さった。但し「食べていく気があれば、三月《みつき》くらいで書く必要がある」と釘《くぎ》を刺される。

おお、怖《こえ》え。試されていると思った私は丹田《たんでん》に力を籠め「一月《ひとつき》で十分です」と答えた。

余計なことを言ったものだ。何を書くか決めていない。ただこれが最初で最後の小説となるかもしれないと考えた時、過《よ》ぎったのは前職を辞す時、教え子たちに言った「30歳からでも夢が叶うことを、俺が残りの人生で証明する」という大風呂敷。再起の物語にしたい。そして生まれたのが一巻となる『火喰鳥《ひくいどり》』であった（一月ぎりぎりで）。

表紙絵を担当して下さる北村さゆり先生にも感謝を申し上げたい。あの男たちの「背」が多くの人を惹《ひ》きつけ、今に至っているのは間違いない。

最後に読者の皆様へ。ここまで来られたのは皆さんのおかげです。まだまだこの物語は続くので、共に走り抜けて下さると幸いです。

第166回直木三十五賞『塞王の楯』

「オール讀物」2022年3・4月号

未《いま》だに「今村先生」と呼ぶ人より、「翔吾くん」と呼ぶ人のほうが多い。

七年前の2月14日、滋賀県草津市のとあるホールにいた。ダンス講師だった私が、職を辞して小説家を目指すということで、6教室の教え子、保護者たち合同で、送り出す会を開いてくれたのだ。そこで私は「夢は叶うということを残りの人生で証明する。それが最後に教えることとしたい」と、宣言した。拍手で見送ってくれたが、保護者たちは流石《さすが》に愛想笑いだっただろう。これは十分理解出来るし、無理もないことである。

ただ子どもたちは、真っすぐな眼《め》で応援してくれた。後に聞いても「翔吾くんならやると思っている」と、平然とした調子で言う。胸がちくりと痛んだ。自分自身が信じ切れていなかった。つまり嘘《うそ》を吐《つ》いたことになる。この嘘を実《まこと》にする。私の執筆の原動力の一つであったことは間違いない。きっと私は今も「翔吾くん」のままなのだろう。

そんな私だからこそ、奔走の途中、応援してくれる多くの編集者、そして読者の皆様に出逢うことも出来たと思う。心より感謝を申し上げたい。

直木賞を受賞して

「京都新聞」２０２２年1月21日

私は京都府相楽郡加茂町（現木津川市）に生まれた。当時としては大規模な住宅街、大阪に通勤する人々のベッドタウンである。さして大きくない商店街に書店が一店舗だけあった。新刊の単行本などはまずお目に掛からない、町の小さな本屋さんだ。

小学5年生の頃に初めて読んだ歴史小説に魅了され、何度もこの本屋さんに通った。高校1年生の時に隣の精華《せいか》町に移り、大人になってから今まで滋賀に住んでいるため、この町に行くこともめっきり少なくなった。少し前に近くを通り掛かることがあり、ふと頭を過《よ》ぎった。「まだあの本屋さんはあるのだろうか？」

全国的に書店の数も減っている。中でもそのような町の本屋さんは次々と姿を消しているという。恐る恐る車のハンドルを切り、その場所に向かうと、その本屋さんは今も営業されていた。車を止め、店の中に入る。やや本の数は減っているように思うが、店内は当時のまま。子どもの頃、私たちが「おっちゃん」と呼んでいた店主も変わっていなかった。

私の故郷は人口が減っていると耳にしていた。最高1学年に7クラスあった小学校も、今では1クラスでしかも20人ほどとか。余計なお世話だが、それ一つを取っても昔と違って、営業していくのは厳しいだろう。でも今尚《いまなお》、店を開いていることに意地のようなものを感じ、妙に嬉《うれ》しくなった。

店内を一回りし、あの日のように文庫本を買う。数多くの子どもで賑《にぎ》わった店なのだ。おっちゃんは私のことなど覚えてはいないだろう。心の中でそっと「ありがとう」と呟《つぶや》き、私は店を後にした。

この本屋さんに限らず、それが大手の書店さんでも決して楽ではないと聞く。毎日数多くの本が出版され、書店員さんも多忙を極める。それでも夜なべしてポップを作ったりしてくれる書店員さんがいるのは、やはり皆本が好きだからだろうし、本の可能性を信じているからではないか。この業界に足を踏み入れ、それは本に携わる全ての人の思いでもあると感じている。そんな中、一作家の私に何が出来るだろうかと考えた時、詰まるところ、これからも良い本を書いていくことが一番なのだろう。三十代半ばの若造、作家になって年月も経《た》っていない。大口を叩《たた》くと笑われても結構だが、たとえ誰が諦めても私は本を諦めないと決めている。大袈裟《おおげさ》に言うならば、この業界と心中する覚悟である。

読書家の皆さん安心してほしい。私の覚悟など心強くも何ともないだろうが、同じ想《おも》いの本に携わる人は沢山いる。そして暫《しば》し読書から離れている皆さん、騙《だま》されたと思って久しぶりに本を手に取ってみて下さい。多種多様な娯楽が溢《あふ》れたこんな時代だからこそ、書店に並んでいる本は全て同じ覚悟を背負った人たちの渾身《こんしん》のものばかりです。

最後に私を生んでくれた京都、今お世話になっている滋賀、そして私に生きる場所を下さった全ての方に感謝を申し上げます。本当に本に出逢《であ》えてよかった。次の世代にもそう思って頂ける作家になれるよう、書き綴《つづ》っていきます。

若者の本離れが叫ばれて久しい。いや、厳密には若者だけではないだろう。むしろ小中学校では読書時間を取るようになり、僅《わず》かであるが本を読む子どもも増えていると聞く。昔とことなり社会に鷹揚《おうよう》さはなくなった。受験という大きな壁に挑み、就職してからは日々の忙しさを乗り越えるのが精一杯。次に本に戻るとしても晩年。そのような背景が二十代から五十代の本離れを進めているのではないかと思う。ただその中には、きっかけさえあれば、本の良さを再認識し、するりと本の世界に戻ってくる人もいると思っている。よい本に巡り合った時の感動は、幾ら時を経ても心に刻み込まれて忘れないからである。

敢《あ》えて陳腐な言葉で言うと、私はこの業界が大好きだ。救われたとも思っている。作家になったからには、そのような「きっかけ」を与えられるようになりたいと常々願っている。

そこで文学賞だ。文学賞は祭りである。私は一つの側面としてそう思っている。作家のこれまでの努力を評し、業界全体で盛り上げようという意味合いも多分に含まれているのだ。そして直木賞は業界の中でも、最大の祭りの一つであると考えている。

「産経新聞」２０２２年２月10日

ここに挑む時、そして念願が叶《かな》った時、私は踊る覚悟でいた。

直木賞が決まると電話が入る。受賞すれば、そこから記者会見場に向かうのだ。何かかつてない移動方法でいけないかと考えた。大抵の人は徒歩、あるいはタクシーである。かつて自転車で向かった先生もおられた。頭を捻《ひね》った挙句、私が出した結論は人力車であった。阿呆《あほう》である。こんな私だが人並みに恥ずかしさも感じる。だが踊ると決めた以上、やれることは全部やるしかない。

前回、『じんかん』で候補になった時から、近くに人力車を待機させるようにした。この待ち時間の料金はタクシーの比ではない。全て自腹だ。この時は受賞に至らなかったため、ぐるりと皇居の近くを観光するのみになった。私が「遠いな」と呟いた時、車夫さんが、「いつか先生を必ずお運びさせて下さい」と答えてくれた。うむ、次もやらねばなるまい。

そして今回、これまで踊り続けた甲斐《かい》もあって、テレビ局のクルーも四つ入っており、生中継という前代未聞の事態となっていた。受賞の報を聞いて出版社、テレビ局、私の事務所スタッフの皆が慌ただしく動く中、待っていたホテルの廊下を行く。こんな私のために、大の大人が動いてくれていることに感動を覚える。いや、皆が本の楽しさ、気軽さ、親しみやすさを伝えるため、私と共に踊ってくれているのだ。

人力車に乗る。大都会のビルの隙間を縫うように行く。短い会話がなされる。それは雑踏を漂い、私の心の中へと刻まれた。かつて受賞者の誰もが見たことのない景色。半ばビルに覆われていたが、よい夜空だった。それを悠々と見上げながら、祭りの最中、私の愛するこの業界のため、これからも踊り続けることを誓ったのだ。

「朝日新聞」2022年1月28日

私は朝日新聞主催の「オーサー・ビジット」のオーサーの一人を務めさせて頂いている。一年に一度、要望のあった学校に足を運び、若者たちに話をしたり、ワークショップをしたりする。私は長年、ダンスの講師をしていたため、若者に接することは好きだ。いや、それが小説家今村翔吾の出発点といってよい。

一昨年は新潟市立五十嵐《いからし》中学校にお邪魔した。この時、私はかなり疲れていた。あまりの多忙さに夢を諦めかけていたと思う。彼らに話した直後、東京で『じんかん』の取材を受けた時、「今の俺に彼らに夢を語る資格があるのか」と、涙してしまったほどである。受賞の報を受けた時に泣いていた映像が全国に流れたので、いつも泣いているように思われるかもしれないが、小説家になってからは3回のみ。他は初めて直木賞の候補になった時だけである。まだやれる。まだやれる。彼らの輝く眼差《まなざ》しを思い出し、這《は》うようにして原稿を書いた。

昨年は和歌山県田辺《たなべ》市の田辺高校でお話をさせて貰《もら》った。やはり眩《まぶ》しい。可能性が、未来そのものが溢れている。そこで直木賞の話題になった。ここだけの話にしてくれと前置きをし、「一年以内に。見といて」と。正直、望んでどうにかなるものではない。あくまでその覚悟を常に持っているといった意味合いだったのだが、メディアはキャッチーな言葉を欲しがるものである。朝日新聞は堂々と掲載してしまう。いや、私が悪いのだ。朝日新聞主催だということを失念している阿呆である。

私が直木賞受賞の栄誉にあずかったのは、それから2カ月後のことである。これだけ見れば有言実行でかなり恰好《かっこう》がよい。が、実際はひやひやもので、安堵《あんど》の深い溜息《ためいき》を零《こぼ》したものである。言霊《ことだま》というものはあるのかもしれない。宙に漂ったそれが、若者たちの熱と入り混じり天に届いたのか。

しかし、暫《しばら》く何か公言するのはよそう。そう自戒するのだが、また何か目標を口に出してしまう。自分はそのような男なのだと諦めるほかない。

「毎日新聞」2022年2月3日

本に出逢わなければ、今の私はなかったと思う。と、まず何処《どこ》かで聞いたようなことを冒頭に書いてみる。だが実際、本当なのだから仕方がない。

学校の課題図書などを除き、私が自らの意志で初めて本を読んだのは小学5年生の時、池波正太郎の『真田太平記』だったことは折々に言っていることだ。

7月の前半だったと思う。正確な日付までは覚えていないが、茹《う》だるほど暑い日だったことだけは覚えている。全巻買って欲しいと母にねだった。それまで本を読んだことのない私だ。「ほんまに読むんか？」と、母は訝《いぶか》しんでいたが買ってくれた。

それを夏休みの約40日間で全て読破した。厳密にはまだ、夏休みは終わっていなかった。読み終えた直後、池波先生の他の著書をすぐに買いに走ったのを覚えているからだ。

池波作品の全てを読破すると、続けて司馬遼太郎、藤沢周平、山田風太郎、海音寺潮五郎、吉川英治、陳舜臣、隆慶一郎、城山三郎、白石一郎などの作品を読み漁《あさ》り、続いて北方謙三、宮城谷昌光、浅田次郎らの世界に没頭した。

高校生の頃、私は明るい髪をしていた。今も穴が閉じてはいないが、その頃からピアスも空けている。どちらかというと大人しいという風貌ではない。そんな若者が司馬遼太郎全集やら、吉川英治全集の如《ごと》き分厚い本を電車の中で読んでいる。かなり奇異な光景だっただろう。それでも時折、「兄ちゃん、面白いやろう」などと、声を掛けて来てくれるおじさんもいた。よく声を掛けたなと今でも思うのだが、本の面白さを共有したい気持ちはそれを凌《しの》ぐらしい。

そんな私が小説家になりたいと意識し始めたのは中学生の頃だった。あまりに読むものだから、積んでいる本が少なくなってきた。追い掛けている作家が数人いたが、それでも読む速さに追いつかない。加えて愛読していた先生方が他界されることも続いた。

このままでは読むものが無くなる。そんなことは実際にはあり得ないのだが、中学生の私は言葉に出来ぬ焦燥感に駆られていた。そんな時、ふと「ならば自分が書こう」とぼんやりと考えた。それが始まりだったと思う。

その想いは日増しに強くなっていき、高校の卒業アルバムにある「将来の夢」の欄には、小説家と書いていた。

それから十余年、一編の小説も、一節の文も書かなかった私だったが、30歳になって転機を得た。初めて書いた小説、続いて二編目でも賞を頂いた。これだけ聞けば余程才能があり、努力をしていないように思えるが実際には違うと思う。私は小学5年生の頃から約二十年間、読むことで修業をしていたのだろう。多くの先生方の文体が、構成が、そして情熱が、私の中に蓄積していたのだ。実際、今でも「ここは池波先生ならばこう書くのではないか」や、「北方先生の作品の如き雰囲気を出したい」など と、書きながらに考えることがある。

デビューするとなかなか本を読む間がなくなる。特に多数の連載を抱えている私はそうだ。読むより書くという日々が続いている。しかし、少年期、青年期に人並み以上に乱読の日々を過ごしたことが、私の執筆の大きな支えとなっている。

本には奇跡の種が溢れていると思う。たった一冊の本が、次の本との出逢いを作り、挙句は書かせるに至り、一人の作家を作った。本に出逢わなければ、今の私はなかった。月並みであるが、こうして振り返ってみて、やはりそうとしか思えないのだ。

まったく贅沢《ぜいたく》な話である。念願の直木賞を受賞したにもかかわらず、早くも少し寂しい気持ちになっている。

私は至極珍しい「直木賞を獲《と》る」と、以前から公言していた作家であった。何故《なぜ》、公言するようになったのか。いや、してしまったのか。

私は30歳まではダンスインストラクターだった。それを辞して小説家を目指す時、教え子たちに小説家になる夢を果たすと宣言した。子どもたちは「目指せ、直木賞！」と、書いた横断幕を作って送り出してくれた。本に馴染《なじ》みの無い子も多い。しかも小中高生である。そんな彼らでも知っているのが直木賞である。そこに到《いた》るのがどれほど大変か知らんやろ。と、内心で苦笑しつつも、「解《わか》った。獲ってみせる」と答えた。それが始まりだった。

その時点でまだ小説の一編も、一節も書いたことがないのだ。無謀を通り越して阿呆である。それでも一度口にした以上、引っ込みがつかない。私は遥《はる》か彼方《かなた》、皆目見えない直木賞を目指して歩み始めた。

記者というものは「欲しがる」ものである。とあるインタビューでも同様のことを

「読売新聞」2022年1月25日

言うはめになってしまった。これが一度目、「童の神」で候補になっていた頃に言い出したならばまだ解る、だが言ったのは、デビュー間もない頃である。

作家の相棒たる文芸編集者たちも、表立っては言わないものの、内心では苦笑していた者もいただろう。それが普通である。

私は毎朝午前7時頃に起きてすぐに着手し、深夜の2時、3時まで原稿を書き続ける日々。講演、取材などを除いてずっと。いや、その合間の電車、飛行機、タクシーなどでも、10分時間があれば原稿を書き続けた。それが2018年の正月からずっと。一日たりとも欠かしたことがない。

そのような姿を身近に見ているからか、早い時期に、編集者たちは少しずつ変わっていった。私の言葉を真《しん》に信じてくれるようになったのだ。少なくとも私にはそう見えた。

別に私に特別な才があったからではないと思う。ただ無我夢中で書く私を、信じてやりたいと思ってくれたのではないか。

一度目の時も悔しがったが、二度目の候補では皆が大層悔しがった。『じんかん』の時の担当編集など、周囲を憚《はばか》らず号泣していたほどである。私を含め、皆が青春に似た何かを感じていたと思う。ここまで私を熱くしてくれた直木賞に感謝を述べたい。人生の中で一番追い求めた「約束」であった。

そんな日々が遂《つい》に終わる日が来たのだ。寂しくなるのは当然かもしれない。それは思い切り盛り上がった祭りの後に似ている。

ただ、残念なことに私は元来の夢追い人らしい。一つ、夢を叶えたばかりなのに、また新たな夢を見つけつつある。そのような性質としかいいようがない。

もしかしたら、また無謀だと笑われることかもしれない。それでも私は向かうつもりである。そこに道がなければ切り開く。道なき道を行く。私はそのような男でありたいと思う。

途方もない夢を、また皆と追う日々が楽しみで仕方がない。

「中日新聞」2022年2月10日

私は二十代の頃はダンスの講師をしていた。父の会社、所謂《いわゆる》家業だったのだ。毎週、月曜日から土曜日まで欠かさず、滋賀4箇所に、岐阜、福井を加えた6教室で教えていた。日曜日は発表会や、地元のお祭り、イベントなどに教え子たちを引率する。それが6教室ともなれば、年間通して半数以上のスケジュールが埋まる。今もなかなかに多忙であるが、その頃も結構忙しかったものだ。

そんな中、様々な転機が重なって30歳の時に、ダンス講師を辞し、小説家になりたいという昔からの夢に向かうことを決めた。その時、教え子たちに「30歳からでも夢は叶えられると、残りの人生で証明する。それを最後に教えたい」と伝え、裸一貫で小説家を目指したのだ。私は胸を張って努力したと言える。とはいえ、七年足らずで直木賞を受賞することになったのは、自身でさえ少々出来すぎであると思う。幾つもの僥倖《ぎょうこう》が重なった結果だと真摯に受け止めたい。

ところで、生意気にも私には秘書がいる。彼女がかつてのダンスの教え子であることは、中日新聞のエッセイで初めて公にしたのを覚えている。小学4年生の頃に教室に入って来た。これが小学生かと思うほど、とにかく目端の利く子で、歳《とし》の差があるのに不思議と息が合う。当時、父の会社を継ぐつもりだった私は、「将来、後を継いだら一番に声を掛ける」と、言ったほどである。断るか否かは別として。別に本気じゃなかった訳ではないが、まだ中学1年生かそのくらいの歳である。冗談と思われても仕方ないし、本人としても話を半分どころか、十分の一程度に取っていたに違いない。しかし、私は後に小説家を目指して辞めてしまうのだ。その当時の彼女とのことをあまり覚えていないのは、軽口とはいえ、約束を反故《ほご》にしたという後ろめたさがあったからだろう。

それから五年後。私は彼女のもとを訪ねていた。後を継いだらという形ではないが、一番にという約束は果たしたのである。彼女は二つ返事で引き受けてくれた。そこから今まで、多忙な私を大車輪で手助けしてくれている。昨年には書店を引き継いだこともあり、さらにスタッフが必要となったが、他に教え子が三人駆け付けてくれた。一人目の不安を彼女が払拭してくれたことも多いだろう。

直木賞当落の電話を受けた時、出版社、テレビクルーたちに囲まれる中、彼女は少し離れた私の正面にいた。私の受け答えが判《わか》りづらく、その場にいる皆がどちらかと息を呑《の》む中、いち早く彼女は口元を微《かす》かに綻ばせていた。すぐに判ったらしい。

私が号泣した映像、記事が多く出たが、理由は刹那《せつな》に約束した当時の教え子たちの顔が蘇《よみがえ》ったからである。それが目の合った彼女の、瞳の奥にはきと見えたのだ。

皆が歓喜に沸く中、彼女はもうその場にはいなかった。事前に記者から会見場に向から私の写真を撮りたいと申し込まれており、その案内に走っていたらしい。約束した教え子たちと受賞の瞬間を迎える。私はつくづく幸せな男である。

「佐賀新聞」２０２２年２月11日

２０１５年の秋、私は地方文学賞の一つ「九州さが大衆文学賞」に小説を応募した。結果、大賞を頂いた。受賞のご連絡を受けたのは17時半を過ぎていたと思う。季節は冬で、辺りは暗かった。とても感激したし、興奮もしていたと思う。そんな私に今後のことの説明をしたのち、選考委員の一人、北方謙三先生が「是非会って話したいので贈呈式に行きたい」と、仰《おっしゃ》っていると聞いた。毎年、選考委員のうち一人は贈呈式に参加するようになっていたらしいが、この時は北方先生が声を上げて下さったらしい。

私が愛読している先生の一人である。初版の単行本も幾つも持っている。かなり緊張しながら贈呈式が行われる佐賀県唐津市へ向かったのは、２０１６年３月のことであった。

一室で北方先生と話をさせて頂くことになった。時間は凡《およ》そ二、三十分だという。先に待っていると、北方先生がお見えになった。おお、本物だ。と、心中で呟く。気さくに話し掛けて下さるのだが、初めて間近で話す作家の迫力に圧倒されていたと思う。何でも聞いてよいと仰って、私は「水滸伝」や、「太平記」の話を伺った。持参していた『破軍の星』の初版単行本にサインを書いて頂いたのも覚えている。

本賞には東京の出版社である祥伝社が協力していた。与えられた時間も終盤に差し掛かった時である。北方先生は同席していた祥伝社の編集者に、「今村さんをこの後、どうしていくつもりか」と尋ねられた。地方の賞ではデビューに直結しない場合が多い。今後は中央の賞に応募して貰うつもりだと編集者が答える。

これに北方先生は暫し間を置き、「この人は長編が書ける。騙されたつもりで書かせてみるといい」と仰ったのだ。

続けて私に「作家を本気で目指すならば、一作に半年も掛けていてはいけない。三カ月ほどで書きあげないと。出来るか？」と問われたのである。ここで素直にはいと答えておけばよいものの、ハードボイルドな北方作品を熟読していた私は「男を試されている」と、飛躍した考えを持ってしまった。私の答えは「一月《ひとつき》で十分です」というもの。北方先生は「そうか」と短く言い、にやりと不敵に笑った。

一月。まずい。何も案が無い。帰った自宅であまりに長く熟考していたため、うとうとと眠りに落ちてしまった。ふと目が覚めた瞬間、源吾、深雪、新之助、そして「ぼろ」というワードが浮かんだ。嘘《うそ》みたいだが本当の話である。

そして勢いよく机に向かい、約束通り一月で書きあげたのが私のデビュー作『火喰鳥　羽州ぼろ鳶組』であった。

対談の最後、何でも聞け、時間が無いぞと仰る北方先生に、私はもう一つ、質問を投げかけていた。「私が北方先生と共に呑みにいけるような男になるにはどうすればよいでしょう」と。北方先生は「作家として、もう一度俺の前に戻って来い」と、口元を綻ばせると、席を立って去っていった。

今、私は作家になったと胸を張って言えるようになったのか。そのようなことをふと考えつつも、まだまだという思いも湧き上がり、原稿に向かう。

「共同通信」２０２２年１月25日配信

拝啓、全国各地にいる私の出逢った多くの人々へ。皆様に感謝を伝えるのは、地方紙に配信出来るこのような機会しかないと思いました。

その頃私は前々職のダンスインストラクターでした。今の私が住んでいる滋賀県では近江八幡、高島、米原、草津の四市で、他に岐阜県岐阜市、福井県鯖江《さばえ》市でも教えていました。

今から十年と少し前、一時期、福岡県福岡市に住んで立花高校の生徒にダンスを教えていたこともあります。

また全国のイベント、お祭りに、教え子たちと共に回りました。故に多分、並の人よりもかなり各地に知り合いが多いのではないでしょうか。三重県鈴鹿市、尾鷲《おわせ》市、熊本県上天草市、茨城県常陸《ひたち》大宮市、群馬県高崎市、埼玉県朝霞《あさか》市、岩手県水沢市、福島県会津若松市などは特に知人が多いと思います。宮城県南三陸町、登米《とめ》市には東日本大震災の後、ボランティアで何度も伺いました。同じく北海道夕張市にも十年間に亘《わた》って伺っていました。他にも挙げればきりがありません。島根県、青森県以外、全ての都道府県に伺ったことがあります。誌面に収まりきらないので平にご容赦下さい。余談ですが、故にこの残り2県に行ける日を本当に心より楽しみにしています。

そして作家になってから縁を頂いた地もあります。まず私の作品で熱烈な読者の多い「羽州ぼろ鳶組」の山形県新庄市、『じんかん』でお世話になった奈良県奈良市は、私の中高時代の青春の地でもあります。他にも私が初めて受賞した伊豆文学賞で縁を得た静岡県、書下ろしデビューに繋《つな》がった佐賀県、取材で訪れた長崎県、高知県など。さらに私を応援して下さる各地の書店員の皆様……作家にならなければ、出逢うはずのなかった人と出逢えたことに感謝しています。そして、それらの縁は全て私の血肉となり、作品に大いに活《い》きていると断言出来ます。私の創作の一番の力は、人との出逢いなのかもしれません。

そして今回、受賞の電話を受けた時、私の性格上「よし！」と、ガッツポーズの一つでもしそうなところです。実際に過去に他の賞を受賞した瞬間はそうでした。

しかし、今回は泣いてしまいました。かつての教え子たちの顔が、私を応援して下さる方々の顔が、次々に思い浮かび、涙が溢れてしまったのです。

会見で言いました。疫病が落ち着いた時、47都道府県の書店を一筆書きで回り、感謝を伝え、私に夢をくれた出版界を微力ながら盛り上げたいと。

それが私の直近の目標です。その時、かつて共に時を過ごした方々に、そして私の本を読んで下さっている未《ま》だ見ぬ多くの方々に、お逢い出来るのを心より楽しみにしています。また新たな縁が、私の作品を強くする。そう確信しています。

最後に、私の作品を愛して下さり、夢が叶うことを信じてくれた方々に。一言、万感の想いを込めて、ありがとうとお伝えしたく思います。春風が吹き、夏の香りが漂う頃、皆様にお逢い出来ることを祈念して。敬具。

あとがき

これまで結構な量のエッセイを書いたことは判《わか》っていたため、いつか形になれば。そのようなことを小学館の担当編集者の前で漏らした時、「いつかではなく今やりましょう」と言ってくれたのが、このエッセイ本が出来たきっかけである。

こうして振り返ってみると、様々なところに、様々な内容を書き散らしてきたのだなと思う。他と脈絡の無いものもあれば、重複する内容のこともしばしばある。だがこれも担当編集者が「その時の今村さんなので」と言ってくれたことでまとした。

あまり家族について話さない私だが、エッセイではたまに触れることがある。いつも書くべきかと迷うし、今回も載せるべきかと迷った。だが、私という作家にとって、かなり重要な要素であることは間違いないので、これも載せる決心をした。作家というものは自身の心に向き合い、時にさらけ出さねばならぬ職業なのだと思ったからだ。

ダンス講師をしていたことで、平均よりは多くの人と関わってきたとは思う。とはいえ、人に比べて大層な経験をしたとは思っていない。ただ、どうも私は記憶力が頗《すこぶ》るよいらしく、その時の情景をまざまざと覚えている。いや、厳密には忘れることもある。心に刻んだことは決して忘れないといったほうがよいだろう。景色だけでなく、匂いも、味も、触感も、今も五感が蘇《よみがえ》るのである。

現在、私は直木賞受賞の御礼として、全国47都道府県の書店、小中高大、学童クラブ、社会福祉施設などを118泊119日で回る旅の途中である。現在、これを書いているのも車中。青森の弘前城の前だ。あと3週間ほどでこの旅も終わる。今の時点でもそうだが、また残りの旅でも、多くの方々と出逢《であ》うだろう。それらが心に刻まれ、小説の力になっていく。私の駄文でも楽しみにして下さる方がおられるならば、またいつか旅のことを綴《つづ》った本に纏《まと》められたらと思う。ちなみに、弘前には小学館の担当編集者が応援に（原稿を取りに）駆け付けている。ちょうど車中から目に入った今、筆を擱《お》くこととする。

２０２２年９月４日

今村翔吾

――本書のプロフィール――

本書は、小学館文庫のためのオリジナル作品です。

小学館文庫

湖上《こじょう》の空《そら》

著者 今村翔吾《いまむらしょうご》

二〇二二年十月十一日　初版第一刷発行

発行人　石川和男
発行所　株式会社 小学館
〒一〇一-八〇〇一
東京都千代田区一ツ橋二-三-一
電話　編集〇三-三二三〇-五一三四
　　　販売〇三-五二八一-三五五五
印刷所――図書印刷株式会社

この文庫の詳しい内容はインターネットで24時間ご覧になれます。
小学館公式ホームページ　https://www.shogakukan.co.jp

ISBN978-4-09-407185-6